DREAMBOOKS★

DREAMBOOKS

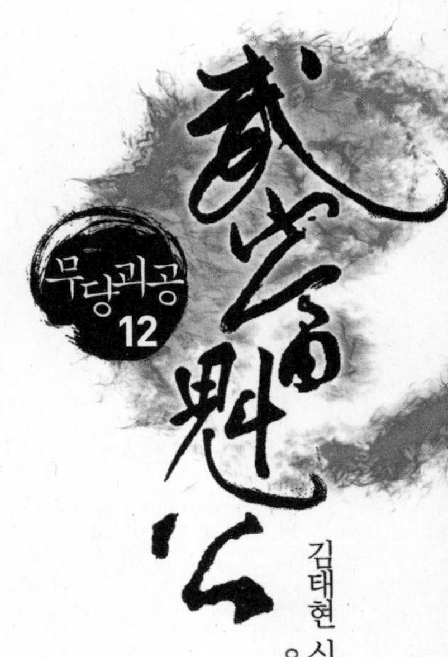

김태현 신무협 장편소설

ORIENTAL FANTASY STORY & ADVENTURE

dream books
드림북스

무당괴공 12 (완결)

초판 1쇄 인쇄 / 2015년 1월 9일
초판 1쇄 발행 / 2015년 1월 16일

지은이 / 김태현

발행인 / 오영배
책임편집 / 편집부
펴낸 곳 / (주)삼양출판사 · 드림북스

주소 / 서울특별시 강북구 솔샘로67길 92
대표 전화 / 02-980-2112 팩스 / 02-983-0660
편집부 전화 / 02-980-2116 팩스 / 02-983-8201
블로그 / blog.naver.com/dreambookss

등록번호 / 제9-00046호
등록일자 / 1999년 3월 11일

값 8,000원

ISBN 979-11-313-0160-9 (04810) / 978-89-542-5289-8 (세트)

* 지은이와 협의하에 인지는 생략합니다.
* 잘못된 책은 구입한 곳에서 바꾸어 드립니다.

이 도서의 국립중앙도서관 출판시도서목록(CIP)은
서지정보유통지원시스템홈페이지(http://seoji.nl.go.kr)와 국가자료공동목록시스템
(http:// www.nl.go.kr/kolisnet)에서 이용하실 수 있습니다. **(CIP제어번호: 2015000546)**

김태현 신무협 장편소설

ORIENTAL FANTASY STORY & ADVENTURE

dream books
드림북스

武當魁公
무당괴공

목차

第一章

자미대성(紫微大星)

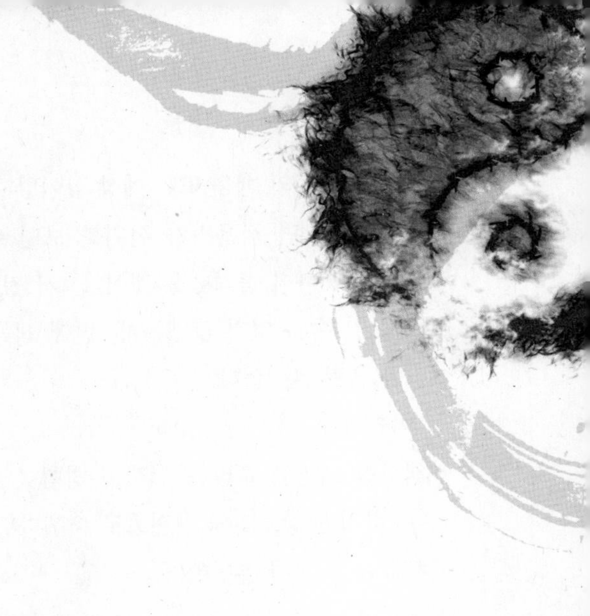

적운비의 말에 도연은 놀람을 감추지 못했다.

적이 사방에 가득한 상황에서 내뱉을 말이 아니지 않은가. 허장성세라고 치부하기에는 적운비의 표정이 너무 진지했다.

'그만한 능력이 있다는 것인가?'

눈을 보았다고 해도 받아들이기 힘든 일이 있다.

적운비의 무위가 그러했다.

한데 적운비의 말을 들은 무당파의 제자들은 다시 한 번 검을 고쳐 잡았다. 그뿐 아니라 제갈수련 역시 한결 표정이 나아진 상태였다.

그리고 적들의 반응 또한 예상 밖이었다.

자신이었다면 적운비가 신위를 보인 이후 최대한 빨리 전력을 집중하여 공격했을 것이다. 저 정도의 신위를 연이어 선보일 수는 없지 않겠는가. 한데 적들은 거리를 둔 채 살기를 흘릴 뿐이었다.

'어째서?'

책사인 도연은 수많은 전쟁을 경험했고, 무인들과 어울렸다. 하지만 강호인의 식견으로 따진다면 제갈수련에게도 미치지 못할 것이 분명했다.

군부의 싸움과 강호의 싸움은 다르기 때문이다.

게다가 암객의 강함은 암객이 가장 잘 알고 있을 터였다.

일수에 수십 명의 암객을 죽인다?

암영대와 암혼대의 수장조차 불가능한 일이었다.

명수라를 최강이라고 여겼던 암객들로서는 주춤거릴 수밖에 없었다.

적운비는 암객의 숫자를 살피거나, 동료들을 응원하지 않았다. 그저 처음 나타났을 때와 마찬가지로 무심한 표정을 유지했다.

그의 시선이 닿은 곳 또한 특별하지 않았다.

그저 수많은 암객 중 한 명과 눈을 마주했을 뿐이다. 적운비와 눈이 마주친 암객은 죽을 맛이었지만, 그 외의 암객들은 잠시나마 마음을 추스를 여력을 지녔다.

'후우, 기세가 꺾인 상태에서 쓸려 나갈 뻔했군.'

암영대의 수장인 암지와 암황은 암혼대의 수장인 암무와 시선을 교환했다.

[저자가 괴공? 힘이 빠진 것 같은데?]

[아니라면?]

[떼죽음이겠지.]

[칠까?]

암지가 암황과 암무에게 전음을 날렸다.

[암객들의 동요가 너무 크다. 실전 경험이 적으니 평정을 되찾는 데 시간이 걸려.]

[그럼 지금 이 대치를 유지하는 게 옳은 것인가?]

[절반이라도 멀쩡해지면 바로 친다.]

[작전은?]

암지의 눈빛이 스산하게 번뜩였다.

[멀쩡하지 않은 쪽이 괴공을 친다. 나머지는 최대한 많은 적을 척살하는 것으로 목표를 수정한다.]

암황과 암무는 적운비와 수하들을 보이지 않게 곁눈질했다. 시간이 지나도 적운비의 무위가 뇌리를 떠나지 않았다. 절대 경지에 이른 고수가 무공을 펼치면 보고 싶어도 볼 수 없어야 마땅했다.

한데 적운비가 보여 준 것은 너무도 선명하게 기억에 남았다. 마치 그가 암객들에게 무위를 자랑하려고 일부러 드러낸 것처럼 말이다.

불안, 초조, 긴장이 전신을 장악한다.

다행히 수하들은 시간이 흐를수록 충격에서 벗어났다. 하나 오히려 더욱 상승 경지에 이른 암무와 암황의 호흡은 거칠어졌다.

두 사람의 긴장이 극에 달할 무렵 다행스럽게도 암지의 전음이 들려왔다.

[셋을 센 후 작전을 실행한다.]

암무와 암황은 대답 대신 눈을 빛냈다.

[셋, 둘…….]

퍽!

그 순간 적운비의 허리 어림에서 한 줄기 빛이 튕겨 나왔다. 마치 화살처럼 꽂혀든 빛줄기는 숫자를 헤아리고 있던 암지의 머리통을 꿰뚫은 것이다.

잔뜩 긴장하고 있던 암무와 암황은 한순간 눈을 휘둥그레 떴다. 총공격을 준비하고 있던 암객들의 동요는 두 사람보다 심했다.

이것은 적운비가 만들어 낸 기회였다.

비공기의 흐름은 보이지 않는다. 하지만 자연지기가 파

괴되는 경로가 곧 비공기의 흐름일 터였다.

그렇기에 적운비는 일부러 암객들에게 시간을 줬다.

다른 사람은 몰라도 저들이라면 알 것이다.

혜검의 기운이 비공기의 상극임을 말이다.

아니나 다를까 저들은 전음을 통해 작전을 세웠고, 틈을 노리기 시작했다.

적운비는 적의 기세가 극에 이를 때까지 기다렸다.

그리고 한껏 응축된 적의 기세가 폭발하기 직전 선수를 친 것이다.

선수필승, 기선제압!

적운비는 암객들의 기세가 흐트러지는 순간 내력을 폭발시켰다.

콰콰콰콰쾅!

기의 폭풍이 몰아쳤다.

지근거리에 있던 암객은 엄청난 압력에 비명을 지르며 튕겨 나갔다. 그 뒤에 있던 암객은 비공기를 끌어올려 버텼지만, 진형이 흐트러지는 것을 막을 수는 없었다.

적운비가 그 틈을 놓칠 리 없다.

자세를 한껏 낮춘 후 바닥을 쓸 듯이 내달렸다.

그리고 암객들의 지척에 이른 후에는 전방을 향해 꽂히듯 몸을 회전시켰다.

퍼퍼퍼퍼퍽!

길을 막고 있던 암객들이 갈대처럼 쓸려 나갔다.

개미떼처럼 몰려든 적들 사이로 길이 열렸다.

가장 빠르게 반응한 것은 적운비와 오랜 세월을 함께한 무당파의 제자들이었다.

터터터텅!

백이강과 진예화가 동시에 내달렸다.

적운비의 기파에 밀려났던 암객들은 황망한 와중에 두 사람의 검을 마주해야 했다.

"크흑!"

적운비의 평가가 박한 것인가?

아니면 두 사람의 실력이 일취월장한 것인가?

백이강은 무당파의 대제자라고는 믿을 수 없을 정도로 실전적인 무위를 선보였다. 검으로 베고, 밀치는 것을 시작으로 손과 발까지 사용하여 암객을 공격했다. 반대편에 있는 진예화 역시 선녀처럼 아름다운 외모와는 어울리지 않는 서늘한 검법을 펼쳤다.

진무신기검(眞武神器劍)과 구궁신행검(九宮神行劍).

훗날 무당의 오대 절학으로 꼽힐 검법을 만천하에 선보이는 순간이었다.

푹! 푹!

혈인은 두 사람을 따르며 태나지 않게 검을 꽂아 넣었다. 적운비의 기세와 두 사람의 검격을 받아 낸 암객들이 정상일 리 만무했다.

혈인은 암객의 단전이나 요혈을 꿰뚫으며 감정을 드러내지 않았다.

혈마교주의 아들로 태어나 호사로운 생활을 영위하지는 못했지만, 남부러울 것 없이 살아왔다고 여겼다.

하나 교주는 변했고, 자신은 내쳐졌다.

그 후 적운비를 만나지 못했더라면 이유조차 알지 못한 채 삶을 이어갔을 것이다.

하지만 이제는 안다.

천괴가 만악의 근원이며 암객은 그 부산물임을.

그러니 암객의 목숨을 끊는 행위에 죄책감을 가질 리 만무했다.

'죽어라! 인간이기를 포기한 것들아!'

푹! 푹! 푹!

*　　*　　*

도연은 피비린내가 난무하는 가운데 고개를 들었다.

오늘따라 북쪽 하늘의 자미성이 밝다.

일전 북왕에게 말했던 것처럼 사방천은 여전히 혼탁했고, 자미성만이 길을 알려주듯 홀로 빛나고 있는 형국이다.

자미성(紫微星)은 곧 천자의 별이 아니던가.

그렇기에 북왕에게 간하길 혼미한 군주를 몰아내고, 만백성의 빛이 되어야 한다고 했다.

하나 이제 다시 북왕과 예전처럼 대화할 수는 없으리라. 자미성과 사방천은 주인을 권좌에 올리기 위한 명분에 불과했다.

만백성의 빛? 누가 되면 어떠하리.

천자가 되어 중원을 호령할 수 있다면 그것으로 족할 터였다.

도연은 한숨을 내쉬며 등천전의 앞마당을 응시했다.

인정할 수밖에 없다. 자미성은 천자의 별이나, 북왕을 가리키는 것이 아니라는 점을 말이다.

그 증거가 눈앞에 있지 않은가.

수백 명의 암객 사이로 번뜩이는 빛무리.

적운비가 그 중심에 있었다.

암객을 때리고, 밀치고, 찌르는 모든 공간에 그가 존재했다.

검은 장막 속에서 홀로 빛나는 희망.

도연만 느끼는 것이 아닐 터였다.

명령도 내리지 않았거늘 제장과 무인들은 어느새 적운비의 뒤를 따라 암객들과 혈투를 벌이고 있었다.

'인도자.'

자미성의 또 다른 별칭이 절로 떠올랐다.

적운비에게서 일어났던 빛은 조금씩 무인들에게 퍼져 나갔다. 그리고 하나의 빛은 두 개가 되었고, 이내 거대한 등불이 되었다.

촤라라락—

교룡검이 암객의 상체를 훑고 지나간다.

허공으로 피가 분수처럼 솟구친다.

적운비의 신위는 그 붉은 기운마저 고귀하게 여겨질 정도였다.

제왕지상(帝王之相).

도연이 지난날 적운비를 보고 주장했던 천문과 관상은 옳았다. 하나 재주를 뽐내며 마땅히 느껴야 할 자부심보다 감당할 수 없는 존재를 마주한 것에 대한 무력감이 훨씬 더 컸다.

도연은 오랜만에 나직이 불호를 읊조렸다.

하늘의 뜻이 어디로 향하는지 알게 된 이상 머뭇거리는

것은 지자의 덕목이 아닐 것이다.

"총선주!"

도연의 부름에 제갈수련이 고개를 끄덕이며 외쳤다.

"다음 수를 준비하시지요!"

제갈수련의 말에 도연의 눈빛이 한순간 흔들렸다.

제아무리 총선주라 불려도 좋은 가문에서 태어난 어린 여아로 여기지 않았던가. 하나 제갈수련은 자신보다 먼저 마음을 가라앉히고, 다음 수를 논하고 있었다.

도연은 헛웃음을 흘렸다.

'난세로구나. 곳곳에서 영웅호협과 재자가인이 속출하니 난세로다. 천하운명은 이미 내 손을 떠났다. 이제 하늘의 뜻대로 행하는 것만이 남았구나.'

*　　*　　*

적운비의 교룡검은 쉴 줄을 모른다.

마치 갓 잡은 물고기처럼 쉴 새 없이 요동을 쳤다.

그때마다 암객들은 썩은 그물처럼 잘려나가며 길을 내주어야 했다.

하나 적운비의 이마에는 조금씩 땀방울이 맺혀 있었다. 암혼대의 절반을 쓸어버리고, 암지를 일수에 격살하는 과정에서 힘을 너무 쏟아 부은 것이다.

'얻은 것이 적지 않지만…….'

아군의 사기를 끌어올리고, 적의 기세를 꺾었다.

게다가 적의 수괴 중 한 명을 처리했다.

그러나 적운비의 표정은 마냥 밝지 않았다.

'뇌신회룡포를 너무 심하게 비틀었어.'

암객이 연왕부의 담장을 넘기 전에도 무리할 정도로 혜검의 기운을 발출했다. 한데 제대로 운기조식을 취하지 않고 연이어 내력을 발출했으니 그 여파가 적지 않을 터였다.

그나마 다행이라면 암객의 숫자가 절반으로 줄어든 점이리라.

적운비는 잠시 숨을 고르며 수괴를 찾았다.

암지가 죽었으니 이제 암현과 암황이 남은 게다.

아직 둘 정도는 처리할 여력이 충분했다.

쉬이이이이잉—

적운비의 발이 바닥을 쓸며 원을 그리는 순간 한 줄기 돌풍이 전신을 휘감았다.

콰쾅!

산산조각난 청석이 사방으로 흩어진다.

적운비는 암현(暗玄)을 향해 일직선으로 돌격했다.

터터터터텅!

암현에게로 가는 경로에 있던 암객들은 자의 반, 타의 반으로 길을 열었다.

적운비는 암현을 확인하고 교룡검을 뽑았다. 내력이 응집된 교룡검은 더 이상 흐느적거리지 않았다.

빳빳하게 펼쳐진 검극이 암현을 향한다.

그리고 교룡검은 쇠뇌에 걸린 철시처럼 폭사했다.

쾅!

교룡검은 공간이 일렁일 정도의 반탄력을 남긴 채 암현을 향해 꽂혀 들었다.

적운비는 암현에게서 시선을 거뒀다. 그리고 교룡검이 남긴 반탄력을 이용해 반대편으로 몸을 날렸다.

목표는 마지막 수괴인 암황(暗黃).

놈의 눈이 경악으로 물든다.

적운비는 암객의 사기를 바닥까지 끌어내릴 생각이다. 그렇기에 암황을 향해 꽂혀드는 그의 두 손에는 금빛 강기가 불덩이처럼 이글거렸다.

지잉—

뇌리를 스치는 불길한 예감.

적운비는 허공에서 허리를 비틀었고, 동시에 후방을 향해 쌍장을 내질렀다.

노도와 같이 쏟아낸 장력이 대폭발을 일으켰다.

콰콰콰쾅!

하나 먼지구름을 뚫고 허공으로 두 개의 인영이 솟구치는 것이 아닌가.

적운비의 표정이 태날 정도로 일그러졌다.

둘 중 하나는 낯이 익었고, 다른 하나는 초면이다.

'백천!'

적연철방 당시 정파인들을 떼죽음 시키려던 천괴의 제자가 아닌가. 그런 백천의 곁에 있는 자가 좋은 사람일 리 만무했다. 설령 그의 인상이 더없이 밝고, 유쾌해 보일지언정 말이다.

백천과 함께 나타난 자가 엄지와 검지로 교룡검의 검 끝을 쥐고 있었다.

그는 교룡검을 흔들며 탄성을 흘렸다.

"우리 쪽 검이네요?"

적운비의 눈빛이 서늘하게 가라앉았다.

교룡검에 담긴 기운은 양의심법에서 비롯된 혜검의 기운이 아니던가.

그것을 막아 낸 자라면 경계하기에 충분했다.

적운비는 사내의 능글맞은 눈빛을 마주한 채 나직이 물었다,

"너 뭐야?"

적운비의 말에 사내는 헤죽 웃으며 말했다.

"암천입니다."

"암천? 암객의 대장 노릇 정도 할 법한 이름이네."

암천은 유들유들한 표정으로 대꾸했다.

"헤헤, 괴공에게 인정을 받다니 영광이군요."

적운비는 그 모습에 미간을 찡그렸다.

혜검의 기운을 담아 암천을 자극하려 했지만, 효과가 없었다. 오히려 백천이 비공기를 일으켜 혜검의 기운을 상쇄시키려 했다.

'예전보다 강해졌다.'

하나 신경이 쓰이는 쪽은 백천이 아니라 암천이다.

두 사람의 기세가 강해질수록 장내는 소강상태에 놓였다.

적운비의 기세는 암객들의 비공기를 방해했고, 백천의 비공기는 정파 무인들의 내력을 흐트러트렸다.

"이건 돌려드리지요."

암천은 지저분한 것을 대하듯 교룡검을 내던졌다.

교룡검은 땅에 떨어지기 전 바람에 휩쓸리더니 주인의 손에 안착했다.

"둘이 전부?"

암천은 적운비의 말에 자신과 백천을 번갈아봤다. 그러

나 이내 어깨를 으쓱거리며 한 걸음 물러섰다.

"저는 빼주시지요. 저는 고작해야 안내자에 불과하답니다."

백천은 암천의 말에 미간을 찡그렸다.

하나 별다른 대응 없이 적운비를 노려볼 뿐이다.

적운비로서는 그 역시 기이한 광경이었다.

'백천은 천괴의 제자지만, 암천은 천괴의 제자인 명수라의 수하가 아닌가. 한데 상하관계가 아니야?'

둘 사이의 기류는 일견하기에도 적대적이다.

아니 백천 혼자만의 감정이 분명했다.

도연이 사면초가를 논하고, 자신이 일망타진을 외치지 않았던가. 백천과 암천의 등장은 변수였지만, 두 사람의 관계는 분명 호재였다. 그리고 지금 이 순간 적의 가장 큰 문제는 가장 강한 백천이었다.

"예전에 형제를 버리고 도망간 자가 아닌가. 형제를 버린 이유가 그런 취급을 받기 위해서였나?"

백천의 입은 열리지 않았다.

하나 그의 눈빛과 기세는 더더욱 음험하게 변했다.

"하긴 목줄에 묶인 개와 길게 대화할 필요가 있겠는가. 뭐해? 네 주인이 혼자 싸워보라잖아. 계속 그렇게 서 있을 건가?"

적운비의 연이은 도발에 백천은 두 주먹을 말아 쥐었다.

그그그극—

비공기가 불길처럼 솟구친다.

그리고 그것은 이내 하나의 검처럼 변해 적운비를 노리기 시작했다.

"크큭, 그렇지. 개 주제에 잘 짖기라도 해야 뼈다귀라도 얻을 수 있지 않겠어?"

평소의 백천이었다면 이처럼 저급한 도발에 넘어가지 않았을 것이다. 그러나 암천으로 인해 짜증과 분노가 극에 달한 상태였다. 그는 자신의 존재감을 드러내기 위해서라도 전력을 다해 비공기를 꽂아 넣었다.

쿠쿠쿠쿵!

엄청난 굉음과 함께 지진이라도 난 것처럼 대지가 갈라졌다.

적운비는 대지가 반으로 쪼개지는 것을 마주하면서도 비켜서지 않았다. 그의 뒤에는 패천성의 무인들이 있었고, 등천전이 있지 않은가.

건곤와규령을 전면으로 내세웠다.

그리고 비공기와 격돌하기 직전 허공으로 몸을 뺐다.

콰콰콰콰콰쾅!

건곤와규령이 박살 났다.

백천의 비공기가 얼마나 완숙한 경지에 이르렀는지 알 수 있었다. 하지만 그의 무위는 적운비의 예상 범주를 벗어나지는 못했다.

지잉— 지잉— 지잉—

또 하나의 건곤와규령이 비공기를 막아섰다.

비공기의 힘은 두 번째 건곤와규령마저 산산조각을 냈다. 하지만 적운비는 아홉 겹의 건곤와규령을 펼쳐 놓은 상태였다.

적운비는 허공에서 백천을 향해 교룡검을 던졌다.

혜검의 기운이 담긴 교룡검은 검명을 토하며 꽂혀 들었다.

백천은 당황하지 않고 비공기를 일으켰다.

교룡검이 전부라 생각지 않는다.

그렇기에 전력을 다하기보다 후속타를 경계했다.

한데 적운비는 어느새 백천이 아닌 암천을 향해 몸을 날린 후였다.

'감히 나를 무시해?'

분노한 백천은 적운비를 향해 몸을 날렸다.

하지만 찰나의 순간 벌어진 거리를 단박에 좁히기란 불가능했다.

그렇게 적운비의 노림수는 통하는 듯했다.

'백천보다 쉬워 보이는 암천을!'

한데 암천은 적운비가 지척에 이르렀음에도 입가의 미소를 지우지 않았다.

파팟—

적운비는 암천을 향해 일장을 내지른 후 눈을 부릅떴다. 암천이 뒤로 물러난 탓에 일장은 헛되어 허공을 두들겼다.

하지만 적운비가 놀란 이유는 따로 있었다.

'비공기가 사라졌다!'

천괴의 무공인 비공기를 사용하면 자연지기는 소멸한다. 그렇기에 비공기는 필연적으로 기의 흐름이 드러나게 된다. 자연지기가 없는 공간을 파악하면 되기 때문이다.

한데 암천이 비공기를 사용하자 한순간이나마 비공기의 흔적이 사라졌다.

그동안 마주했던 암객과 달랐다.

심지어 명조나 백천조차 이 정도는 아니었다.

강약의 문제가 아니라 낯설기 그지없는 운용법이다.

'명수라의 직속이라더니 뭔가를 더 익힌 건가?'

혼란스러움을 정리하기도 전에 배후에서 비공기가 느껴졌다.

쩡!

위에서 내리꽂힌 비공기.

당연히 대지를 파고들어야 마땅했다.

하지만 백천의 공격은 적운비가 있던 공간에서 폭발하는 것이 아닌가. 단순히 비공기의 힘에 의지하는 것이 아니라 비공기 자체를 다루기 시작한 것이다.

'강해지기만 한 것이 아니라 적응까지 한 건가?'

적운비의 눈동자에 살기가 스쳐 갔다.

저들을 그냥 두면 주체할 수 없을 것이다.

그러니 반드시 이 자리에서 뼈를 묻게 만들어야 했다.

흔들리면 안 된다. 생각해야 한다.

저들에게 가장 큰 타격을 줄 수 있는 방법을 효율적으로 찾아내는 것이 우선이었다.

터터터터텅!

백천이 손을 휘저을 때마다 공간이 뭉텅뭉텅 베여 나가는 듯했다. 이제는 자연지기를 빌려오는 것이 아니라 강제로 빼앗아 오는 것과 다르지 않을 터였다.

비공기가 강해지는 만큼 자연지기 또한 응집됐다.

백천과 맞서 싸우려니 당연한 결과였다.

한데 그로 인한 폐해는 적운비로서도 예상치 못할 정도로 심각했다.

비공기가 자연지기를 빼앗고, 그 외의 자연지기를 결집시키다보니 무(無)의 대지가 급격하게 늘어난 것이다.

"크헉!"

허공에서 내리꽂히던 암객이 외마디 비명과 함께 꼬꾸라졌다. 정파인이라고 해서 다르지 않았다. 검을 내지르다가 쓰러지거나, 물러서다가 일정 공간에 들어서는 순간 맥 빠진 사람처럼 허물어졌다.

적운비의 얼굴은 일그러졌고, 백천의 입가에는 여유로움이 가득했다.

시간이 흐를수록 불리해지는 것은 적운비.

단호한 결단이 필요한 시점이었다.

그 순간 낯익은 전음이 또렷하게 귓가를 자극했다.

적운비의 입꼬리가 꿈틀거렸고, 그 순간 그의 두 손이 커다란 원을 그리며 건곤와규령을 만들어 냈다. 그것에 그치지 않고 신형을 움직이면서 연방 건곤와규령을 그려냈다.

네 개의 건곤와규령이 순간적으로 백천을 감쌌다.

"흥! 또 이 짓거리인가?"

백천은 실망스럽다는 듯 콧방귀를 뀌며 대지로 장력을 쏟아 냈다.

콰콰쾅!

모래와 흙이 폭발하듯 비산했다.

그 와중에 주인을 잃은 병장기들이 휘돌며 건곤와규령을 향해 꽂혀 들었다.

쩡—

쇳덩이가 가루가 되어 흩날린다.

하나 백천은 이미 거미줄처럼 금이 간 건곤와규령의 중심부를 두들기고 있었다.

자연지기로 만들어진 건곤와규령.

그것은 조화가 깨지는 순간 비공기의 먹잇감이 된다. 하지만 건곤와규령은 쉼 없이 백천의 앞길을 막아섰다.

"가소롭구나!"

백천은 처음과 달리 손쉽게 건곤와규령을 파괴했다.

부수는 것보다 생성되는 것이 많았다.

하지만 백천은 개의치 않았다.

어쨌든 자신은 전진했고, 적운비는 후퇴했기 때문이다.

절대지경의 고수가 기세에서 밀린다면 이미 검을 뽑기도 전에 패배한 것과 다르지 않았다.

그렇기에 백천은 승리를 예감했다.

적운비가 지치거나, 조금이라도 내력의 수발에 문제가 생기는 순간 자신의 검은 놈의 목을 치리라.

터터터텅!

백천은 관성처럼 건곤와규령을 두들기다가 대경실색하며 물러섰다. 벽으로 보였던 것이 한순간 쇠망치가 되어 자신의 검을 두들겼기 때문이다.

그것으로 끝이 아니었다.

건곤와규령은 뒤에서 가운데를 밀어낸 것처럼 불룩하게 튀어나오더니 자신을 향해 꽂혀드는 것이 아닌가.

백천은 검을 찔러 넣는 동시에 쌍장을 내질렀다.

콰콰쾅!

굉음과 함께 공간이 일그러진다.

하나 건곤와규령은 더욱 강력하게 백천을 압박했다.

백천은 뒤늦게 건곤와규령의 실체를 파악했다.

'몇 겹이나 쌓아 놓은 거야?'

이전과 달리 건곤와규령을 겹겹이 쌓아 놓은 게다.

구겁무장선(九劫無障線)의 정체를 모르는 백천으로서는 황망하기 그지없는 상황이었다.

적운비가 천괴의 금선강기에 착안하여 화산쌍선과 비무하면서 완성한 혜검의 경지였다. 실체를 알았다고 하여 쉬이 상대하기란 불가능에 가까웠다.

백천의 두 눈은 찢어질 듯이 커졌고, 지옥불처럼 광기 어린 기운이 줄기줄기 쏟아졌다.

"크아아아!"

양손을 날개처럼 활짝 편 후 공간을 찢어발기듯이 교차하여 내리그었다.

한순간 공간 자체가 소멸한 것처럼 일렁인다.

그리고 건곤와규령이 시야에서 사라졌다.

하나 비공기의 여파가 채 사라지기도 전에 엄청난 기운이 회오리처럼 밀려들어 왔다.

구겁무장선이 정통으로 꽂혀든 것이다.

그것은 아홉 개의 건곤와규령에 직격당한 것과 다르지 않았다.

콰콰콰콰콰콰콰쾅!

백천은 신음을 흘리며 십여 보나 뒷걸음질 쳤다.

옷은 걸레가 되어 찢긴 지 오래였고, 전신에는 채찍질을 당한 것처럼 생채기가 가득했다.

그가 적운비를 찾는 것은 당연했다.

"감히 내게!"

분노가 극에 달해서인지 목소리는 악귀처럼 음험하기 그지없었다.

쇄아아아아—

백천의 의지에 따라 먼지구름이 갈라진다.

그 너머에는 적운비가 내리꽂히고 있었다.

절대지경의 고수에게 위치로 인한 이점은 전무하다시피 했다. 오히려 백천은 너무도 속보이는 한 수에 더욱 분노했다.

쩡—

백천이 튀어 오르는 순간 반경 삼 장이 포탄이라도 맞은 것처럼 움푹 패였다.

적운비는 두 다리로 백천의 머리통을 짓이기려 했다. 이 또한 백천의 자존심을 뭉개는 저급한 한 수가 아니던가.

쿠쿠쿠쿵!

백천은 하늘을 향해 주먹을 뻗었다.

마치 하늘에 쌓인 수십 겹의 벽을 깨듯 가속도가 붙은 주먹은 시뻘건 강기에 휩싸여 있었다.

마침내 백천의 주먹과 적운비의 발이 허공에서 격돌했다.

'응?'

마치 솜을 두들긴 것처럼 부드럽다.

백천이 의아함을 느끼는 순간 적운비는 이미 포탄처럼 반대편을 향해 튀어 나가고 있었다.

적운비의 신형은 그야말로 공간을 접듯이 날아갔다.

이 모든 것이 백천의 기운을 받아 들은 덕이다.

조화가 깨진 자연지기는 비공기의 먹이이라면 반대의 경우도 존재할 터였다.

적운비는 분노한 백천의 비공기를 한순간 받아들여 정화시킨 것이다. 그리고 그것은 오롯이 적운비를 위한 자연지기로 다시 태어났다.

지금까지 내력을 소모한 것이 마치 꿈인 것처럼 전신에 활력이 가득했다.

적운비는 그 기세 그대로 수십 명의 머리를 건넜다.

그리고 그 끝에는 구경꾼처럼 멀뚱히 서 있던 암천이 눈을 휘둥그레 뜨고 있었다.

쉬리리리릭!

교룡검에 자연지기가 뭉쳐드는 순간 그것은 곧 가장 강한 검이 되었다.

쩡—

암천은 이전처럼 몸을 빼 달아나려 했다.

하나 교룡검의 기운은 그의 퇴로를 완벽하게 차단한 후였다.

'갑자기 강해졌다?'

적운비가 백천의 기운까지 더했음을 모르는 암천의 눈빛이 미묘하게 흔들렸다.

"너 누구냐?"

교룡검의 기운은 암천의 호신강기를 뚫기 위해 요동을 친다. 그럼에도 불구하고 적운비의 한 마디는 암천의 귓가에 뇌성벽력처럼 꽂혀 들었다.

"크큭, 소개는 이미 했습니다만……."

암천은 교룡검을 밀어내는 동시에 퇴로를 찾기 위해 비

공기를 사방으로 흐트러트렸다.

적운비가 비공기를 막기 위해 힘을 분산하는 순간 튀어 나가려는 요량이었다.

하나 뒤이은 적운비의 한 마디에 오히려 암천의 심기가 갈대처럼 흔들리기 시작했다.

"너 명수라지?"

"……."

적운비의 입꼬리가 활처럼 휘었다.

그 순간 암천은 등줄기에 소름이 돋는 듯했다.

"맞구나."

적운비는 교룡검을 놓고 양손으로 암천의 어깨를 찍어 눌렀다. 그 순간 하늘이 무너진 것처럼 엄청난 기운이 암천의 어깨를 짓이겼다.

"이 자리에서 소멸시켜주마!"

第二章

역천의 사슬을 끊어내다

백천은 자신의 기운을 빌어 튀어나간 적운비를 보며 순간적으로 넋을 잃었다.

'도, 도망?'

그러나 적운비와 암천이 맞붙는 것을 확인하는 순간 다시 한 번 분노가 들끓었다.

'나를 받침대 삼은 것인가? 저놈에게 가려고?'

내신 천괴와 명수라의 다음 자리를 노리지 않았던가. 그런 그에게 이와 같은 상황은 도저히 참을 수 없는 치욕이었다.

백천은 비공기를 극성으로 빨아들이며 적운비를 향해 몸

을 날렸다.

한데 그의 좌우에서 쇄도하는 검영이 발을 묶었다.

적운비를 제외하면 이 공간에서 자신과 일합이라도 나눌 수 있는 존재가 있을 리 만무했다.

그러나 그의 확신은 다시 한 번 산산조각이 났다.

가볍게 밀어내면서도 상대에게 역으로 돌려주려던 투로가 어긋난 것이다.

터터터터텅!

상대의 공세를 가벼이 여겼던 백천은 눈을 부릅뜬 채 자신의 손바닥을 내려다봤다.

손바닥에 맺힌 핏물.

치명상은 아니었지만 적의 공세가 비공기를 뚫고 살을 찢은 것이다.

분명히 상대의 기운을 밀어냈다.

그리고 자신의 비공기로 상대의 기운을 감싸 돌려주지 않았던가.

적은 피떡이 되어 시신조차 찾지 못해야 마땅했다.

백천이 전신을 부들부들 떠는 사이 노회한 음성이 들려왔다.

"어린놈이 아주 새카맣구나."

노인의 검에는 자색 검강이 휘황찬란하게 번뜩였다.

한데 백천은 노인의 기운에서 자연지기를 느끼고 경계심을 잔뜩 끌어올렸다.

'괴공과 같지만, 어딘가 다르다.'

자색 검강을 보고 있자니 떠오르는 곳이 있다.

"화산인가?"

"그래, 화산이다. 넌 어디냐?"

걸걸한 한 마디의 주인공은 자하검선 노현이었다.

연왕부에서 변고가 일어나는 순간 패천성으로 날아갔던 전서구가 큰 역할을 해낸 것이다. 물론 노현이었기에 지금이라도 나타난 것이지만 말이다.

"흥! 알 것 없다!"

"그래, 곧 죽을 놈의 과거사를 알아서 무엇하랴?"

"뭐시라?"

백천이 발끈하여 비공기를 모으려는 순간이었다.

등 뒤에서 검기가 소나기처럼 다발로 쏟아졌다.

쉬쉬쉬쉬쉬쉬쉭!

백천은 허공으로 몸을 띄워 묵빛 검기를 피했다.

한데 검기는 백천이 있던 공간에서 그대로 사그라드는 것이 아닌가. 마치 그가 적운비를 공격할 때와 흡사한 기의 운영이었다.

"크흠."

뒷짐을 진 채 느긋하게 걸어나온 사람은 자하검선의 사제인 암광검선 노경이다.

바늘이 가는데 실이 따르는 것은 당연했다.

백천은 화산쌍선을 앞뒤로 두고 코웃음을 쳤다.

"흥! 화산의 노괴물이 둘 있다고 들었다. 네놈들이 쌍선이로구나. 한데 정파라는 놈들이 암습을 펼치다니 부끄럽지도 않더냐?"

노경은 무심한 표정으로 한 마디를 흘려 냈다.

"일척일장."

도고일척 마고일장(道高一尺 魔高一丈)을 거론한다.

아니나 다를까 노현이 껄껄 웃으며 말을 보탰다.

"그렇지! 하루가 다르게 창궐하는 좌도방문의 잡배들을 처리하는데 부끄러움이 필요하랴? 내가 체면을 지키는 동안 네놈들의 폐해는 하늘을 찌를 터! 이것이야말로 내가 지옥에 가지 않으면 누가 지옥에 가랴? 이런 것이지."

백천은 헛웃음을 지었다.

이제 도가의 최고 배분이라고 해도 모자람이 없는 자가 불가의 교리까지 끌고 와서 암습을 정당하고 있지 않은가.

'뭐 저런 놈이 다 있지?'

동시에 얕보던 마음을 지웠다.

정파인이 체면과 명예욕을 버렸을 때의 두려움을 모르지

않기 때문이다.

"저놈 머리 굴리는 소리가 여기까지 들리는군."

노현이 혀를 끌끌 차며 검을 흔들었다.

그러자 자색 기운이 검신을 타고 흘러나온다. 마치 봄바람이 꽃을 흔들어 향기가 퍼지는 듯하다.

"저녁에 피는 매화는 붉고, 붉어 천하에 깊은 향기를 남기고……."

백천은 노현을 노려보다가 황급히 배후로도 시선을 돌렸다.

노경이 검을 역수로 쥔 채 걸음을 내딛고 있었다. 한데 백천을 향해 움직이는 것이 아니라 그림이라도 그리듯 바닥을 쓸며 빙빙 돌고 있지 않은가.

그 순간 백천의 눈빛이 미세하게 흔들렸다.

어느새 자신의 주변에 노경의 기운이 가득했다.

비공기를 건드리지 않고 자연스럽게 파고들어 공간을 점거한 것이다.

마치 수십 자루의 검이 자신을 겨누고 있는 듯하다.

"새벽에 피는 매화는 보이지 않지만, 언제나 곁에 있는 법이지."

저녁에 피는 매화는 붉고, 붉어 천하에 깊은 향기를 남기

고, 새벽에 피는 매화는 보이지 않지만, 언제나 곁에 있음이다.

매화검보(梅花劍譜)의 구결임을 어찌 모르겠는가.

백천은 잠시 적운비의 존재를 뇌리에서 지웠다.

쌍선은 백여 년 가까이 강호를 종횡한 자들이다.

천괴를 만나기 전부터, 그리고 천괴의 곁을 지키는 동안 꾸준하게 저들의 협명을 들어왔다.

정공(正功)을 백여 년간 수련했다면…….

'머저리라고 해도 얕볼 수 없지!'

그러나 얕보지 않을 뿐 패배는 생각지 않았다.

백천이 양손을 휘젓자, 소매가 말려들었다.

그리고 그의 손에는 어느새 검붉은 기운으로 뭉쳐든 검이 쥐어져 있었다.

일견하기에도 위험한 기운이 물씬 느껴진다.

하나 노현은 자색강기를 흩뿌리며 코웃음을 쳤다.

"흥! 겉멋이나 들어서리."

쩡!

비공기와 격돌한 검강이 산산이 부서져 흩어진다.

하나 백천은 득의의 미소를 지을 사이도 없이 빠르게 몸을 움직여야 했다. 부서진 검강이 흩어지는 듯하더니 갑작스레 사방에서 꽂혀드는 것이 아닌가.

기의 운용이 극의에 달했다는 증거였다.

게다가 매화검법의 극의는 검향(劍香)으로 대변되지 않던가. 기(氣)를 다루는 최고의 절기라는 검강조차 검향으로 가는 과정에 불과하다 했다.

향기는 바람을 타기에 가지 못하는 곳이 없다.

비공기조차 예외는 아니었다.

파괴력과 별개로 기의 운용에서 격차가 존재했다.

백천은 노현이 운용하는 검향을 피해 사방으로 비공기를 흩뿌렸다. 동시에 아교처럼 들러붙은 검강에서 벗어나려 했다.

하나 이미 노경의 암향대기경이 공간을 장악한 후였다. 암향검 역시 검향의 묘리로 만들어지지 않았던가. 그렇기에 백천은 안과 밖에서 동시에 쌍선의 공세를 막아내야 했다.

"크흑! 감히! 내가 바로 백천이다!"

콰콰콰콰콰콰쾅!

백천은 자신을 중심축으로 삼아 지금껏 끌어모은 비공기를 폭발시켰다.

엄청난 기운이 회오리치며 퍼져 나간다. 거미줄처럼 공간을 막아선 암향검조차 폭발의 여파를 피하지 못했다.

백천은 검막이 찢긴 그 틈을 노려 신형을 뽑아 올렸다.

하지만 그가 간과한 점이 있었다.

백여 년간 정공을 익힌 노현과 노경.

그 말은 곧 두 사람이 연수합격을 벌인 것 또한 비슷한 햇수라는 것을 뜻했다. 백여 년 가까이 함께 수련했으니 마치 한 몸처럼 뜻이 통하는 것은 당연한 일이었다.

"흡!"

백천은 상자에서 뛰어오른 귀뚜라미가 천장에 부딪친 것처럼 엄청난 충격과 함께 나뒹굴었다.

그가 빠져나가려던 공간에 노현이 자색 검강을 잔뜩 뿌려놓은 것이다.

"집에 가려고?"

노현의 능글맞은 한 마디에 백천은 입매를 부르르 떨며 분노를 감추지 못했다.

하나 한 번 입이 열린 노현은 훈계를 하듯 자연스럽게 말을 이었다.

"그렇게 흥분하다가는 골로 가는 수가 있어. 추하게 죽느니 내 손에 가는 건 어떠한가? 아니면 저 친구라도 괜찮네만……."

노현은 어떤 의미로 적운비보다 더욱 분노케 하는 존재였다.

백천은 이성의 끈을 간신히 부여잡으며 노경과 노현의 어깨 너머를 살폈다.

절대고수가 두 명이라면 암객의 숫자는 의미가 없을 터였다. 자연스레 자신과 동수로 여겼던 암천의 행방을 찾은 것이다.

한데 찾기도 전에 먼저 시선을 강탈당했다.

적운비와 대치하고 있는 암천의 기세는 상상을 초월했기 때문이다.

아무리 화산쌍선에게 붙잡혀 있었다고는 해도 저 정도의 기운을 느끼지 못했다는 것은 한 가지를 의미했다.

'격이 다르다?'

같은 비공기라는 것만 파악될 뿐 기의 운용 자체는 파악하기조차 힘들었다. 아마 암천이 움직인다면 자신은 찾지 못할 것이 분명했다.

그 순간 적운비가 금빛 강기를 벼락처럼 내리꽂으며 일갈을 내질렀다.

"명수라!"

콰콰콰콰콰쾅!

백천으로서는 찰나간 넋을 놓을 수밖에 없었다.

저자는 명수라가 아니라 암천이다.

자신은 명수라와 대면했고, 오랜 시간을 함께 보내지 않았던가. 그러니 변장이라도 하고 나타났다면 모를 리가 없다.

그렇다고 적운비가 거짓말을 하는 것은 아닐 터였다. 게다가 암천의 기운은 일개 암객의 수장으로 보일 수 없을 정도로 강렬했다.

마음먹고 비공기를 흩뿌리면 연왕부 전체를 한순간에 사지(死地)로 만드는 것도 가능할 정도가 아닌가.

'설마…….'

백천은 자색 검강과 암향검이 좌우에서 꽂혀드는 순간에도 암천에게서 눈을 떼지 못했다.

'불멸전혼대법을 이미 펼쳤단 말인가?'

* * *

암천은 첫 등장부터 의문의 존재였다.

무엇보다 백천을 대하는 모습에서 정체를 의심하게 되었다. 제아무리 명수라의 직속이라고 해도 같은 천괴의 제자인 백천을 저리 막대할 수는 없는 노릇이다.

한데 오만한 백천이 암천에게는 한 수 접어주는 것이 아닌가.

그 말은 곧 암천이 백천과 최소한 동수라는 뜻.

그러니 머릿속으로 짚이는 것이 있을 수밖에 없었다.

불멸전혼대법.

천괴가 영생불사할 수 있게 만든 비의가 명수라의 손에서 완성됐다고 봐도 무방할 터였다.

그리고 적운비는 혜검을 상쇄시키는 암천의 비공기를 보고 확신했다. 그가 불멸전혼대법을 통해 타인의 육신을 빼앗은 명수라라는 것을 말이다.

가장 큰 수확은 명수라 역시 천괴와 다르지 않음을 알게 된 것이다.

명수라는 천괴가 그러했듯 자신의 신위를 자랑하고 싶어 했다. 그것은 제아무리 암중에서 천하를 좌지우지한 명수라라고 해도 비공기를 익힌 이상 피할 수 없는 폐해였다.

불멸전혼대법을 직접적으로 자랑하기보다 자신의 신위를 먼저 알아봐주기를 원한 것이다.

'그렇다면 이길 수 있다!'

천괴라면 모를까, 명수라라면 가능하다.

지금 이 순간, 단 한 번만 펼칠 수 있는 비기로 놈을 옭아맬 수 있을 터였다.

오늘 역천의 한 줄기를 끊어 내리라!

명수라는 패천성의 고수를 통해 자신의 정체를 드러낼

생각이었으리라. 한데 생각지도 못한 적운비가 막아섰으니 그로서는 난색을 표하는 것도 당연했다.

쌍선 정도의 무인이 인정하는 것과 강호초출의 인정은 격이 다른 법이다.

그러나 불만을 토로할 틈도 없었다.

적운비의 혜검이 쉴 새 없이 암천의 육신을 두들겼기 때문이다.

정파의 무공이 아닌 것처럼 격렬하고, 거칠었다.

하나 적운비의 표정에는 결의가 가득했다.

'여기서 잡는다!'

놈을 놓치면 또 누군가의 몸으로 기어들어갈지 예상조차 할 수 없었다.

그렇기에 혼신의 힘을 다했다.

뇌신회룡포가 연이어 발출됐고, 건곤와규령으로 사방을 막아섰다. 암천이 내지르는 비공기는 최대한 흡수하여 만변약수행으로 되돌렸다.

그야말로 할 수 있는 모든 것을 하는 형국이었다.

되는 대로 공세를 이어갔지만, 파급력은 상상을 초월했다.

콰콰콰콰콰쾅!

수십 합의 격돌 끝에 암천이 튕겨져 나왔다.

자연지기가 스며든 탓에 그의 전신은 생채기가 가득했다. 한데 그의 얼굴에는 여전히 한 가닥 미소가 드리워져 있었다. 언제든 불멸전혼대법을 통해 몸을 뺄 수 있기에 생기는 자신감이었다.

"흐음, 괴공이라기에 놀리는 건줄 알았지요. 한데 예상 외로군요."

적운비는 코웃음을 쳤다.

"네 사부도 나를 보고 그리 웃지는 못했다."

그제야 암천의 눈빛이 슬며시 흔들렸다.

"갑자기 정마대전을 일으키라기에 이상하다 싶었더니, 그 원인이 눈앞에 있었군요."

적운비는 입꼬리를 올리며 웃었다.

"그래, 그리고 너는 그 대단한 사람을 앞에 두고 여유를 부린 거다."

암천이 고개를 갸웃거렸다.

적운비는 그의 의문을 풀어 주는 대신 춤을 추듯 회전하며 양팔을 휘저었다.

지이이이이이잉—

밤하늘을 뚫고 사방에서 꽂혀드는 빛줄기가 있었다.

마치 유성처럼 줄줄이 꽂혀드는 모습은 일대장관이었다.

암천의 얼굴이 일그러지는 것은 당연했다.

적운비가 무턱대고 발출했던 기운이라고 여겼다. 그리고 자신이 능숙하게 적운비의 공세를 피했다고 생각했다. 한데 그 모든 공세가 밤하늘을 주유하다가 되돌아온 것이다.

암천은 표정을 굳힌 상태에서도 나직이 물었다.

"이게 뭐냐?"

"구겁무장선."

"괴이한 자가 펼칠 법한 괴이한 무공이로군."

암천은 적운비의 대답을 듣고 헛웃음을 흘렸다.

그리고 동시에 밤하늘을 수놓았던 빛줄기가 암천의 전신으로 꽂혀 들었다.

콰콰콰콰콰쾅!

연왕부 전체가 들썩거릴 정도의 폭발이다.

이내 폭연을 뚫고 암천이 신형을 뽑아 올렸다.

사람들은 암천의 고강한 무위에 경악을 금치 못했다. 하나 달빛 아래 모습을 드러낸 암천의 상태는 그리 좋지 않았다.

"끄으으……."

지금까지의 미소는 온데간데없이 사라졌다.

그뿐 아니라 전신에 피갑칠을 한 채 숨을 헐떡이고 있었다. 허벅지는 뼈가 보일 정도로 찢어졌고, 왼팔은 팔꿈치 어림부터 뜯겨져 나간 상태였다.

적운비는 암천을 향해 담담한 어조로 말했다.

"그래, 이 정도로 끝내지 못할 것이라 예상했다."

암천은 이전처럼 비아냥거리거나, 여유롭게 웃지 않았다. 불안한 듯 시선을 고정하지 못한 것이 기세가 완전히 꺾인 듯했다.

"무당이, 무당이 이렇게 강하다고? 그런 이야기는 들어본 적이 없어!"

적운비는 하늘의 기운을 받아들이듯 팔을 번쩍 들며 나직이 읊조렸다.

"넌 앞으로도 듣지 못할 거야."

지이이이이이잉—

어느새 암천의 주변에는 이전처럼 구겁무장선의 기운이 가득했다. 적운비는 처음부터 암천이 버텨낼 것을 대비하여 두 겹의 무장선을 펼쳐 놓은 것이다.

암천은 허공을 주유하는 구겁무장선의 기운을 느끼며 식은땀을 흘렸다.

반면 적운비는 이번에야말로 암천을 소멸시킬 수 있다는 자신감으로 가득했다.

구겁무장선의 정수는 혜검의 깨달음에 암광검선의 암향대기경의 묘리까지 융화시킨 것이다.

촤라라라라라락—

구겁무장선을 상징하는 빛줄기는 암천을 중심으로 와류를 그리기 시작했다. 회전력이 강해질수록 빛은 선에서 면이 되었고, 이내 거대한 감옥과 같은 빛의 벽이 만들어졌다.

적운비는 손목을 회전시켜 양손으로 작은 원을 그렸다. 빛의 감옥은 적운비의 뜻에 따라 암천과의 간극을 좁혔다.

"크아아아아아악!"

제아무리 비공기라고 해도 한 번에 빼앗아올 수 있는 자연지기에는 한계가 있는 법이다.

정순한 기운이 사방에 가득하니 암천으로서는 지옥불에 닿은 것처럼 비명을 내질렀다.

"후우……."

적운비는 가늘게 숨을 내뱉으며 양손의 간격을 천천히 좁혔다. 손바닥이 맞닿는 순간 암천은 영혼까지 소멸될 것이다. 그러나 암천은 마지막 발악을 하는 것처럼 비공기를 퍼트렸다.

'조급해지면 안 돼. 천천히! 완벽하게!'

암천을 놓쳤을 때의 폐해는 생각만으로도 소름이 끼칠 지경이었다. 그렇기에 적운비는 유례가 없을 정도로 신중하게 구겁무장선을 다뤘다.

하나 적운비조차 간과한 점이 존재했다.

구겁무장선이 합쳐지려는 순간 암천의 찢어질 듯한 괴성이 터져 나왔다.

"백천!"

암천과 백천의 관계는 이곳에 있던 모든 이들이 짐작하는 그대로였다. 한데 암천은 어째서 위기의 순간 백천의 이름을 부르짖는단 말인가.

화산쌍선의 합공에 서서히 죽어 가던 백천조차 의아해할 정도였다.

'저 새끼가 나를 왜 부르지?'

그러나 암천이 다시 한 번 괴성을 내질렀을 때 연왕부에 있던 모든 이들이 고통에 휩싸여야 했다.

나에게 오라!

모든 이의 머릿속에서 공통적으로 울리는 한 마디.

기가 약한 자들은 영음을 들은 것만으로도 피를 토하거나 기절했다. 절정의 무인이라고 해서 크게 다르지 않았다. 잠시 신형을 비틀거리거나, 내력이 진탕되어 잔뜩 인상을 쓰는 것이 아닌가.

유일하게 고통에서 해방된 존재가 있었다.

"얼씨구! 이놈 보게?"

자하검선 노현은 자신의 검강이 백천의 어깨를 베었지만, 되려 놀람을 감추지 못했다.

백천이 죽음을 도외시한 채 달려들었기 때문이다.

"사형! 조심하시오."

암광검선 노경은 백천을 향해 암향검을 흩뿌렸다.

한데 백천은 이번에도 전방을 향해 비공기를 내지를 뿐 등 뒤를 걱정하지 않았다.

노현은 미간을 찡그렸다.

뒤늦게 백천의 눈빛을 살핀 것이다.

백옥(白玉)을 박아 넣은 것처럼 반질거리는 눈동자.

"이놈! 정상이 아니야."

노경은 노현의 어깨 너머를 보며 턱짓을 했다.

"혼령을 제압당했군요."

노현은 적운비와 암천이 격돌하는 장소를 돌아본 후 입매를 비틀었다.

"흥! 주인에게 가려는 것이냐? 순순히 길을 내어 줄 수는 없지!"

쌍선은 따로 떨어져 상대하던 것과 달리 백천의 앞길을 막아섰다.

백천은 당장 쓰러져도 이상하지 않을 정도로 빈사상태였다. 게다가 이대로 시간이 흐르면 암천은 적운비의 구겁무장선에게 소멸당할 것이다.

"놈! 여기가 죽을 자리란다!"

노경은 노호성을 터트리며 강기를 줄줄이 뽑아냈다.

강기의 물결이 백천의 전신으로 꽂혀 들었다.

노현의 암향검은 강기의 물결을 탄 물고기처럼 소리 없이 쇄도하고 있었다.

하나 백천은 전신을 으스러트릴 법한 공세에도 거침없이 내달렸다.

"끄어어어!"

노현은 백천의 괴성을 듣고 눈을 부릅떴다.

"피해!"

얼마나 다급했던지 사형에게 존대조차 하지 못했다.

동시에 백천의 오른팔이 붉게 물들며 부풀어 올랐다. 그러고는 굉천뢰처럼 폭발하는 것이 아닌가. 뼈와 육편이 뒤섞여 전방으로 꽂혀 들었다.

콰콰콰콰콰콰쾅!

노경은 노현의 경고를 들었지만, 미처 몸을 완전히 빼지 못했다. 그의 왼팔은 만천화우를 당한 것처럼 온통 피범벅이었다.

"사형!"

"놈을 막아!"

노경이 자신에게 다가오려는 노현을 제지했지만, 백천의 움직임은 더욱 빨랐다. 외팔이가 되어 뒤뚱거렸지만, 한 걸음에 서너 장씩 거리를 좁힌다.

"끄어어어어!"

노현과 노경은 눈을 휘둥그레 떴다.

그들은 백천이 암천에게로 향할 것이라 예상했다.

구겁무장선에 몸을 던져서라도 빠져나갈 구멍을 만들 것이라 생각한 게다.

한데 백천은 오히려 적운비와 거리를 벌렸다.

그가 향한 곳은 수많은 사람들이 뒤섞여 있는 등천전이 아닌가.

'빌어먹을!'

적운비는 점점 멀어지는 괴성에 아랫입술을 질끈 배어 물었다.

암천의 의도는 뻔했다.

백천을 던져 주고 몸을 빼려는 것이다.

자연스럽게 적연철방에서 폭주했던 흑천의 모습이 떠올랐다. 그때처럼 백천이 폭주한다면 연왕부 전체가 위험했다.

암천과 연왕부를 저울질해야 할 시기가 다가온다.

"크흑!"

적운비가 어찌할 수 없는 상황이었다.

백천이 등천전 앞에서 폭주한다면 수천 명의 목숨이 위험했다.

적운비는 한 호흡에 구겁무장선을 거둬들였다.

그러자 무릎을 꿇은 채 헐떡이고 있는 암천의 모습이 드러났다. 칠공에서 피를 흘리며 헐떡거렸지만, 분명한 것은 놈이 웃고 있었다는 점이다.

적운비는 아랫입술을 뜯으며 등천전을 향해 신형을 쏘아 나갔다.

그러고는 건양대천공과 곤음여지공을 극성으로 일으켜 전방을 향해 면장을 쉴 새 없이 쏟아 부었다.

면장의 기운은 폭주하는 비공기에 섞여들며 회전하기 시작했다. 수십 바퀴를 회전한 후에야 비공기의 주도권을 빼앗을 수 있었다.

백천은 적운비가 만들어 놓은 그물 속에서 발버둥을 칠 뿐이다.

하지만 적운비의 얼굴에서 환희를 찾기란 요원했다.

보지 않아도 알 수 있었다.

빈사상태의 암천이 비공기를 펼치며 멀어지는 것을 말이다.

한데 그 순간 부상을 당한 노현의 검에서 한 줄기 기광

(奇光)이 솟구쳤다.

강기라고 하기에 너무 희미한 기운이다.

그러나 기광은 검에 맺혀 있었으나, 그 기운은 어느덧 만천하에 퍼지고 있었다.

보이지 않을 뿐 분명 존재한다.

그곳이 어디든 가리지 않고 말이다.

적운비는 눈을 부릅떴다.

보이지 않는 기운이 수십 장 밖으로 멀어진 암천을 향해 쇄도했기 때문이다.

아니 쇄도한다는 것을 인식하는 순간 기의 폭발이 일어났다.

"끄아아아아아아아!"

백여 장 밖에서 들려온 비명.

그것은 죽음보다 더한 고통에 휩싸인 암천의 것임에 분명했다.

노현의 한 수는 이기어검을 상회한다.

그 순간 적운비의 뇌리에 전설로 전해지던 비기가 떠올랐다.

'심검(心劍)!'

第三章
정마대전(正魔大戰)

백천 사망, 암천 패퇴.

연왕부에 짙게 드리웠던 암운이 걷히는 것은 시간문제였다. 패천성의 지원이 당도했고, 암객은 빠르게 정리됐다.

노경의 암향검에 암혼대의 대주인 암무가 절명했고, 암영대의 마지막 남은 수괴인 암황은 백이강과 양패구상을 하려다 실패한 채 검하고혼이 되었다.

잠시 후 연왕부와 패천성의 수뇌부는 암객의 처리를 수하들에게 맡긴 채 등천전으로 모였다.

암객만 상대하기에는 지근거리에서 기회를 엿보고 있는 무림도독부가 너무 위협적이었다.

도연을 총군사로 하고, 제갈수련이 진행하는 작전 회의가 황급히 열렸다.

"가용전력을 확인하는 것이 우선입니다. 각 대의 수장들께서는 최대한 빨리 잔존인원을 추슬러서 보고해 주세요."

연왕부의 무장과 패천성의 무인들은 제갈수련의 명령에 군말 없이 따랐다.

이미 수년간 끊임없는 전투로 단련된 이들이 아닌가. 그렇기에 자존심을 세우기보다 합리적인 결정에 따르는 경향이 매우 컸다.

이 또한 다른 사태천에서는 볼 수 없는 광경이었다.

"부상자가 너무 많아요."

제갈수련의 말에 도연은 침음을 흘렸다.

"안타깝지만, 부상자가 너무 많아. 이거야말로 큰일이로군."

전력의 보존하고, 사기를 고취시키기 위해서는 사망자가 많은 편이 좋았다. 그래야만 살아남은 사람들이 복수를 꿈꿀 것이다. 한데 부상자가 많아도 너무 많았다. 그러니 그들을 보살펴야 할 인력까지 따로 꾸려야 했다.

그러나 다른 이들에게 강요할 수는 없는 노릇이다.

"방법이 있겠습니까?"

제갈수련의 말에 도연은 침음을 삼켰다.

"무림도독부만 상대한다면 방법이 없는 것도 아니라네. 하지만 가장 큰 상대가 남아 있으니 모든 패를 꺼낼 수도 없고……."

도연은 말끝을 흐리며 창밖을 응시했다.

제갈수련의 시선 또한 자연스럽게 도연을 따라 움직였다. 후원에는 부상자들을 치료하기 위한 임시 의당이 설치되어 있었다.

'너라면 방법을 낼 수 있을까?'

* * *

패천성 무인들의 목표는 생존이다.

그래야 밥도 먹고, 칼질도 하고, 사랑도 하는 게다.

그리고 살아 있어야 협의지심을 유지할 수 있다.

명예나 이권은 삶을 유지하기 위한 필수 요소는 아닐 터였다.

그렇기에 패천성의 무인들은 소탈했다.

그것은 문파의 수장이나, 이름 없는 낭인이라고 해서 다르지 않았다.

"클클, 봤지? 그놈이 학질 걸린 것처럼 바둥거리는 거 말이야."

노현은 창백한 안색을 하고서도 웃음을 그치지 않았다. 심검이라는 엄청난 무위를 선보였지만, 그 폐해 또한 만만치 않았다.

절대지경은 그야말로 자연에 동화되어 입신의 경지에 이르는 것을 뜻한다. 그것은 곧 자연에 순응하며 조화로운 상태를 유지해야 함을 뜻했다.

한데 조화를 깨고 억지로 힘을 끌어낸 것이다.

하수라면 근성이나 노력으로 능력 이상의 힘을 끌어내는 것이 가능했다. 그들은 아직 마음이 아닌 육신을 단련하는 수준에 머물렀기 때문이다.

그렇지만 절대지경의 고수라면 죽음을 각오해야 했다.

노현의 한 수는 그런 의미를 지녔다.

그러니 평생 함께해 왔던 노경의 표정이 밝을 리 없다.

"흥! 어쨌든 살아서 도망쳤지 않소? 늙은 줄도 모르고 괜히 신나서는…… 이게 무슨 꼴이오?"

"클클, 사제! 살고자 했다면 나는 애저녁에 죽었을 것이야. 그것은 자네도 마찬가지가 아닌가? 놈을 죽이지 못한 것은 아쉽지만, 그래도 명색이 심검을 흉내낸 것이 아닌가. 아마 한동안은 꿈쩍도 말고 요양해야할 것이야."

"아! 그러니까 사형도 요양해야 하는 것은 마찬가지지 않소? 그러다 골로 가면 그 뒤치다꺼리는 내 몫이란 말이

외다."

노현은 입술을 삐죽이며 지원군을 불렀다.

"아이야, 내 말이 맞지?"

한편에 서 있던 적운비는 황급히 고개를 끄덕였다.

"어르신께서 위험을 무릅쓰신 덕에 놈이 치명상을 입었습니다. 어차피 육신을 죽이는 것은 큰 의미가 없지요. 이번 일로 놈들의 약점을 찾아낸 것만 해도 큰 수확입니다."

노경은 적운비의 말에도 딴지를 걸지는 않았다.

"대장을 없애면 연결된 놈들의 비공기 또한 힘을 쓰지 못하더군. 도연에게 알리면 향후 적들을 상대하는데 큰 도움이 될 것이야."

"그렇지? 이제야 자네도 인정을 하는군!"

"그렇다고 해서 사형이 잘했다는 것은 아니외다."

적운비는 옥신각신하는 사형제를 뒤로한 채 의당을 나섰다.

노경의 내상은 장기적인 치료를 요했다. 하나 그의 나이를 생각한다면 죽지 않은 것이 다행일 터였다.

'빨리 자리를 털고 일어나셔야 할 텐데…….'

쌍선의 이탈은 전력의 큰 손실.

적운비의 표정은 그리 밝지 않았다.

그가 의당을 나서자, 승지가 기다렸다는 듯이 다가왔다.

승지는 몸 상태가 그리 좋지 않음에도 애써 미소를 지으며 말했다.

"일전에 말씀하신 곳은 그대로입니다."

"고맙습니다. 한데 몸은 괜찮으세요?"

승지는 히죽 웃으며 부목을 댄 팔을 들었다.

"우리에게 부상은 곧 훈장입니다. 살아 있다는 증거니까요."

적운비는 빙긋 웃으며 승지를 향해 포권을 했다.

"괜한 부탁을 드렸습니다."

"별말씀을요. 괴공의 부탁이라면 하늘의 별도 따올 사람들이 부지기수입니다."

"감사합니다."

적운비는 승지와 헤어진 후 고개를 돌렸다.

승지는 발을 절며 천천히 어둠 속으로 사라진다.

'참으로 신기한 곳이다.'

삶과 죽음이 공존하는 대지.

중원과 새외가 높다란 벽을 두고 마주하는 곳.

그러나 이곳에는 순수함이 가득했다.

오랜 세월 이어진 전쟁으로 인해 피폐해야 할 이곳은 화려하고, 안전한 강호보다 밝고, 따뜻했다.

의(義)와 협(俠), 그리고 충(忠).

무인이 살아가는 세상이다.

천룡맹의 따뜻한 바람보다 패천성의 삭풍이 몸에 맞는 듯하다.

태생이 북방 출신이라 그런가 보다.

잠시 후 적운비 앞에 혜강원이라는 이름의 작은 장원이 모습을 드러냈다.

적운비는 담을 타고 자란 넝쿨과 낡았지만 운치가 가득한 입구를 보며 헛웃음을 흘렸다. 깨끗하고 소담한 장원이었지만, 자세히 살피면 급히 청소를 한 흔적이 가득했다.

'도연이로군. 쓸데없는 짓을 하기는…….'

하나 혜강원의 월동문을 지나는 순간 모든 감정이 눈 녹듯이 사라졌다. 정문에서 이십여 보 남짓한 거리에 자리한 자그마한 사당이 그 원인이었다.

고강한 내력 탓인지 사당 안에 자리한 위패에 적힌 글귀가 고스란히 시야에 들어왔다.

강목의공혜비 오씨(康穆懿恭惠妃 吳氏)

앞의 여섯 글자를 천천히 읽어 내려가다가 뒤의 두 글자를 눈에 담는 순간 저절로 무거운 숨이 길게 흘러나왔다.

적운비는 자신의 소매와 무릎 어림을 털어 낸 후 천천히 걸음을 옮겼다. 그리고 사당에 들어선 후 천천히 무릎을 꿇었다. 작은 내공을 일으키니 손에 쥔 향에서는 어느덧 시큼

한 향 내음이 퍼져 나온다. 사당 안에 향 내음이 가득 차고, 한 줄기 바람을 타고 연기가 흘러나갈 때였다.

적운비는 향을 머리에 대며 나직이 읊조렸다.

'어머니.'

어미의 모습은 기억에서조차 희미하다.

그러나 떨어져도 좋으니 살려만 달라던 그 절규는 결코 지워지지 않는다.

쿵!

적운비는 머리를 조아린 채 한참 동안 생각에 잠겼다. 지금껏 애써 머릿속에서 지우고 살았지만, 위패를 마주하니 심경의 변화를 금할 수가 없었다. 시간이 지날수록 그리움은 사라졌고, 분노와 억울함이 그 자리를 채워갔다.

'…….'

적운비는 생의 근원에 닿았고, 그 흐름을 읽을 수 있는 경지에 이르렀다. 이제 생이 육신에 머물지 않고 외부로 퍼져 외부에서 관조하는 단계를 눈앞에 둔 것이다.

태극, 즉 조화는 정기신을 하나로 뭉뚱그려 스스로 관조할 수 있는 힘을 주었다. 그럼에도 불구하고 적운비의 마음은 풍랑을 만난 조각배처럼 위태로웠다.

근래에 비공기를 자주 접해서일까?

적운비는 스스로도 의아할 정도로 흔들리고 있었다.

'무당의 부흥은 연왕부와 공생해야 가능한가? 연왕부가 망하고, 북방의 경계가 무너진다고 해도 무당이 살아날 길은 존재한다. 오히려 천하가 혼란스러운 틈을 노린다면 무당의 강호일통도 가능하지 않겠는가?'

연왕부가 무너지면 패천성도 후일을 장담하기 힘들다. 그 후 외적은 장성을 넘을 것이고, 황궁은 무림도독부로 방어할 것이다. 이제 정파가 믿을 곳은 천룡맹 뿐이다. 한데 천룡맹의 맹주와 수뇌부는 모두 적운비의 친인이 아닌가. 그들을 이용한다면 권역을 늘리고, 세를 불리는 것은 일도 아닐 게다.

게다가 자신을 선택한 단도제와 갈 곳 없는 제갈수련까지 활용한다면 정파와 사마외도 양쪽에 영향력을 행사하는 것도 가능할 터였다.

막후의 실력자로 권세를 누리는 자신의 모습이 선연하게 그려진다. 그쯤 되면 북왕이나 황제가 부럽지 않을 것이다. 불현듯 마음속 어딘가에서 한 줄기 외침이 전해졌다.

사내라면 복수도 하고, 웅지도 펼쳐야 하지 않겠는가?

쉬이이잉—

그 순간 사당 안으로 들이친 북방의 칼바람이 등짝을 후려치고 스쳐 간다.

적운비는 졸다가 깬 사람처럼 눈을 휘둥그레 뜨며 깊이 숨을 들이마셨다.

'망상이었다면 좋았을 텐데…….'

지극히 현실적이어서 전신에 소름이 돋았다.

하마터면 먹혀버릴 뻔하지 않았던가.

적운비는 한숨과 함께 고개를 내저으며 사당을 나섰다.

혜비의 봉분은 혜강원 후원에 자리했다. 급히 뗏장을 입혔는지 계절과 어울리지 않게 초록빛이 가득했다.

적운비는 혜비의 봉분에 다시 한 번 예를 표한 후 그늘진 곳으로 향했다.

주인 모를 봉분(封墳)과 훼손된 석비(石碑).

그러나 적운비는 훼손된 석비를 쓰다듬으며 옅은 미소를 지었다.

어미를 지켜주었고, 자신에게 꿈을 심어준 사람.

어찌 그를 잊을 수 있을까.

"벽일 사숙."

무당파를 떠나 천하를 떠돌던 벽일 도장은 연왕부를 지나는 길에 잠시 빈객을 자처했다. 전란의 기운이 가득하고, 혈향이 끊이지 않았기 때문이다.

그런 벽일 도장을 북왕에게 천거한 사람은 다름 아닌 도연이었다. 당시 북왕은 인재에 굶주려 하던 시기가 아닌가. 그는 벽일 도장을 가까이 하고, 전란을 종식시킬 방책을 물었다. 그야말로 도연을 제외하면 가장 총애를 받는 사람이 바로 벽일 도장이었다.

그런 벽일 도장이었기에 적운비를 지킬 수 있었으리라.

적운비는 석비의 윗부분에 검지를 가져다 댔다.

그리고 천천히 손가락을 밀어 넣었다. 손가락은 두부를 파고들 듯 가볍게 석비에 흔적을 남겼고, 이내 한 줄의 문구가 완성됐다.

武當派 天問一脈 五行松 闢日之墓.

무당파 천문일맥 오행송 벽일지묘.

적운비는 두어 걸음 물러선 후 석비를 향해 대례를 올렸다.

"제자는 사숙의 은공을 평생 잊지 않을 것입니다."

* * *

적운비는 혜강원을 나서는 순간 표정을 굳혔다.

도연이 대놓고 길을 막아섰기 때문이다.

한데 그의 표정이 심상치 않다.

그는 더 이상 전처럼 웃지 않았다.

적운비는 도연을 노려보며 미간을 찡그렸다.

어머니의 기억을 되새기다 나선 길이니 마음은 복잡하기만 했다.

"이제는 더 이상 참기가 힘들어지는군요."

도연은 적운비의 서늘한 한 마디에 갑작스레 고개를 숙였다.

"혜강원을 관리하지 못한 것은 전적으로 노부의 탓이외다. 북왕께서 개인적으로 부탁까지 하셨지만, 아시다시피 연왕부와 패천성의 형편은 그리 좋지 않았으니까요."

"……."

"그것을 탓하신다면 죗값을 치르겠나이다."

적운비는 입매를 비틀었다.

군사의 허리는 유연할수록 좋다고 하지 않던가.

내내 웃음을 잃지 않던 그가 갑작스레 태도를 바꿨으니 모략을 꾸미는 것이 분명했다.

"입담으로 나를 농락하려 하지 마시오. 진정 참기 힘들어지니까."

하나 도연은 진중한 표정으로 말을 이었다.

"북왕을 원망하지 마십시오."

"또 무슨 소리를 하려고?"

적운비의 얼굴이 일그러지자, 도연은 황급히 말을 이었다.

"벽일을 내세워 공자를 지킨 것은 다름 아닌 북왕의 명령이었소이다."

청천벽력과도 같은 한 마디에 잠시 말문이 막혔다.

북왕은 세도가들의 얼토당토않은 모략에 자신과 어미를 팔아넘긴 자가 아니던가.

그런 자신과 어미를 지켜 준 사람이 벽일이었다.

"개소리!"

적운비의 외침에 도연은 씁쓸한 표정을 지었다.

"지난날 번왕들이 하나둘씩 숙청됐습니다. 북왕의 차례도 멀지 않았지요. 북왕은 반정과 자결 사이에서 고민해야 했습니다. 한데 그때 북방의 세도가들이 북왕과 밀약을 맺었습니다. 북방 수호를 핑계로 힘을 빌려주겠다는 것이었지요."

모두가 아는 이야기를 하는 이유가 궁금했다.

"아시다시피 북방의 토호는 중원과 달리 여전히 미신을 믿는 자들이 태반입니다. 북왕의 잘못이 있다면 그들에게 자식을 자랑했던 것이겠지요."

적운비의 표정은 변화가 없다.

하나 눈빛의 미세한 떨림은 도연의 다음 말을 예상하고 있음을 드러냈다.

"선택을 해야 했다?"

도연은 대답 대신 길을 열었다.

"잠시 시간을 내주신다면 모시고 싶은 곳이 있습니다."

적운비는 싸늘한 시선으로 도연을 노려본 후 말없이 자리를 떴다. 도연은 적운비가 자리를 뜨고도 한참이 지난 후에야 표정을 풀었다.

'이 정도면 당연히 알아들으셨겠지.'

도연은 합장과 함께 허리를 굽힌 후 한참동안 일어나지 않았다.

*　　*　　*

적운비는 무심한 표정으로 후원을 거닐었다.

한데 시간이 지날수록 얼굴을 찡그렸다.

'도연 이 간승!'

그를 표현하는 별호로 간승만큼 어울리는 것이 또 있을까 싶다. 타인의 심리를 읽고, 상황에 따라 능수능란하게 대응하는 능력은 타의 추종을 불허했다.

권모술수의 대가, 이것이 도연의 정체였다.

그보다 군략에 강한 자는 많다.

하지만 도연은 상대가 군략을 사용하기 전에 무너트리는 것에 능했다.

이번 일도 마찬가지였다.

애초에 그의 목적은 적운비와 무엇을 하는 것이 아니었다. 그저 적운비에게 의구심을 심어주고, 스스로 판단할 시간을 주었을 뿐이다.

'예전부터 내 정보를 모아왔군.'

그렇지 않다면 이처럼 짧은 시간에 적운비를 흔들어놓지 못했을 게다.

결국 적운비는 등천전으로 발길을 돌렸다.

진위(眞僞)를 떠나 새로이 알게 된 사실에 대한 검증이 필요했다.

등천전 주변은 대낮처럼 밝았다.

연왕부 군사 백여 명이 횃불을 들고 물샐 틈 없는 경계망을 펼쳤기 때문이다. 그뿐 아니라 수십여 명의 무인들이 요소요소에 몸을 숨기고 있었다.

북왕에 대한 암살시도가 있었으니 당연한 일이다.

한데 위기를 극복했음에도 불구하고 무인과 군사들은 전의가 가득했다. 그 이유는 지근거리에 집결한 무림도독부가 원인일 터였다.

적운비는 동천전의 입구로 향하려다 마음을 바꿨다.

자신이 모습을 드러내면 도연이 무슨 수작을 부릴지 짐작할 수 없었다. 그렇기에 일부러 몸을 숨긴 채 등천전의 중심부로 스며들었다.

한데 조용할 것이라 여겼던 등천전은 마치 도떼기시장처럼 소란스러웠다. 처마 밑에 몸을 숨기고 전각의 내부를 살피던 적운비는 나직이 침음을 흘렸다.

연회장에는 백여 개의 서탁이 놓여 있었고, 서탁을 둘러싼 수많은 관리와 문사들이 열띤 논쟁을 이어가고 있었다.

'북왕의 처소에 어째서 문사들이…….'

적운비의 의문은 금세 풀렸다.

단상 위에 놓인 커다란 서탁에서 북왕을 찾을 수 있었다. 북왕은 연왕부의 고위관료와 패천성 무인의 보고를 받고 있었다. 한데 그는 정복이 아니라 홑옷차림으로 앉아 있는 것이 아닌가.

적운비는 북왕의 일거수일투족을 살폈다.

전각 내부는 시끄러웠지만, 듣고 싶은 것을 듣지 못할 정도의 실력은 아니다.

북왕의 눈빛, 목소리, 자세까지 한눈에 담았다.

시간이 지날수록 주변의 소음은 사라졌다.

온 세상에 북왕과 적운비만 마주한 듯하다.
얼마간의 시간이 흘렀을까?
적운비는 무거운 숨을 토해내며 고개를 떨궜다.
'그는 좋은 사람이다.'
사람은 오래 두고 보아야 호불호가 정해지기 마련이다. 한데 그것과 별개로 잠깐만 마주쳐도 알게 되는 사람이 있지 않던가.
북왕이 그러했다.
그는 궁금한 것이 있으면 체면을 차리지 않고 물었고, 어느 누구의 의견이라도 귓등으로 흘리지 않았다. 자신의 자리를 자랑하지 않고, 무지를 부정하지 않는다.
북왕의 부리부리한 눈동자는 그의 진의(眞意)를 가감 없이 드러냈다.
이제 도연의 말에서 진위여부를 가릴 필요가 없다.
북왕은 당금 천하를 안정시키기 위해 반드시 필요한 존재였다.
적운비 자신의 욕심을 채우는 방법은 많다. 하나 천의를 따르고, 조화를 이루는 가장 확실한 방법은 북왕을 돕는 것이다.
'도연은 정녕 무서운 존재구나.'
도연은 적운비를 판단했고, 그 판단에 따라 길을 열었다.

그리고 적운비는 자신의 신념에 따라 그 길을 걸어야 했다. 그 결과가 자신의 마음속에 상처가 남더라도 말이다. 불현듯 도연이 지나가는 말로 전했던 단어가 떠올랐다.

'괴공이 아닌 괴공이 되라고…….'

더 이상 휘둘리는 것은 사양이었지만, 왠지 머릿속에서 지워지지 않았다.

*　　*　　*

제갈수련은 적운비를 보자마자 미간을 찡그렸다.

"지금까지 어디에 있었던 거야?"

"의당."

적운비의 무덤덤한 말투에 제갈수련은 입을 닫아야했다. 그녀 역시 노현의 부상이 걱정되기는 마찬가지였기 때문이다.

"어르신은 어떠셔?"

"당분간 거동이 불편하실 거야. 그래도 암광검선께서 계시니 걱정하지 않아도 돼."

제갈수련은 문사들이 둘러앉은 탁자의 빈자리를 가리켰다. 적운비는 엉덩이를 붙인 후 문사들의 면면을 살폈다. 패천성이나 연왕부와 상관없는 천룡맹 북부 지부의 문사들이 아닌가.

"이건 무슨 모임이지? 무림도독부를 상대하기 위한 회의라면 등천전으로 가야 하는 것 아니야?"

적운비의 말에 제갈수련의 낯빛은 눈에 띄게 어두워졌다. 잠시 후 적운비의 앞에는 제갈수련이 내민 한 장의 서찰이 놓여 있었다.

"이게 뭔데?"

"어제 관부마다 황실에서 보낸 공문 한 장이 도착했어. 명수라가 연왕부를 치기 직전에 하달된 듯싶어."

적운비는 공문을 펼친 후 침음을 흘렸다.

"시작됐군."

제갈수련은 적운비의 말에 급히 동조했다.

"그렇지? 각지의 군사를 움직이지 말고, 요소를 경계하는 데에만 주력하라잖아. 그 말은 곧 강호인의 싸움에 개입하지 말라는 명령 아니겠어?"

적운비는 고개를 끄덕였다.

"그래, 명수라가 판을 깔아줬으니 혈마교와 사도련이 움직이겠군."

"날이 밝으면 당장이라도 밀고 들어올 수도 있어. 대책이 시급해."

한데 적운비는 시간이 흐를수록 여유를 되찾았다.

"그래서 방책은?"

제갈수련은 잠시 침묵을 유지했으나, 이내 한숨을 내쉬며 입술을 삐죽거렸다.

"뭐야! 알고 있었어?"

적운비는 고개를 내저었다.

"아니. 그래도 네가 여기에 있다는 건 뭔가 방책을 세워 놨다는 뜻이잖아."

"나를 너무 신뢰하는 거 아니야?"

제갈수련의 투덜거림으로 보아선 무언가 방책이 있는 것이 확실했다.

"무림도독부는 오늘의 적, 혈마교와 사도련은 내일의 적. 하지만 따로 떼어 놓고 생각할 수 없어. 그러니 네가 다급했다면 등천전에서 회의를 하고 있어야 하지 않겠어?"

적운비의 확신 가득한 말에 제갈수련은 손을 내저으며 도리질을 쳤다.

"됐다. 됐어. 깜짝 발표 같은 건 애초부터 기대도 안 했어. 이게 다 단 공자한테 휘둘린 내 잘못이다."

"크큭, 차기 천하제일지자를 겨룰 사람이 셋이나 모여 있는데 이런 일을 대비하지 않았을 리가 없잖아. 그러니 나한테도 털어놔 보시지."

제갈수련은 눈짓으로 문사들을 내보냈다.

그리고 목소리를 낮추며 나직이 읊조렸다.

"천룡맹의 무인들이 북상하고 있어."

"무림도독부를 친다고?"

"응. 태상이 황실에서 나온 공문을 모를 리 없어. 그렇다면 정마대전을 예상할 테니 배후에 대한 경계가 느슨해질 수밖에 없어. 우리는 그 틈을 노려서 일거에 무림도독부를 꼬꾸라트릴 거야."

적운비는 고개를 갸웃거렸다.

"그렇다면 강남에 대한 방어는? 무림도독부를 공략하려다 본진이 풍비박산날 수도 있어."

제갈수련은 입꼬리를 올리며 으스댔다.

"그게 작전의 핵심이야!"

"뜸들이지 말고 빨리 얘기해. 왠지 오늘 밤은 너무 바쁠 것만 같은 예감이 들거든."

"해남도가 천룡맹에 합류할 거야."

"그래서 혈인이 보이지 않았군. 녀석이 해남도를 맞이하는 건가?"

"응, 투덜대기는 했지만, 흔쾌히 가주었어."

"그럼 해남파는 바닷길로 올 테고, 배는 동해팔문에서 제공한 건가?"

제갈수련은 혀를 내둘렀다.

"하아, 너 혹시 다 알면서 모르는 척하는 건 아니지? 어떻게 나랑 같이 들은 것처럼 잘 알고 있는 거야!"

하나 적운비는 잠시 생각에 잠겼다가 이내 고개를 갸웃거렸다.

"그게 문제가 아니야. 적의 눈을 속이려면 천룡맹과 해남파의 교체가 신속해야 해. 그런데 이번 일은 황실의 공문과 명수라의 부상이 있기 전부터 계획된 거잖아. 뭔가 이상한걸? 이 계획이 완벽해진 것은 지금에 와서 이뤄진 것이야. 본래 단도제가 세운 계획은 너무도 불확실해. 어째서 그 녀석이 이런 작전을 세운 거지?"

제갈수련은 눈을 끔뻑이다가 이내 탄성을 흘렸다.

그녀조차 결과가 너무 좋아서 간과하고 말았다.

적운비의 말처럼 이번 계획은 구멍이 너무 많았다.

단도제 정도의 군사가 세울 계획이 아니지 않은가. 생각이 거기까지 미치자, 또 다른 의문이 생겨났다.

'그런데 그 아이는 어째서…….'

적운비가 제갈수련을 노려보며 나직이 한 마디를 흘렸다.

"너도 지금 나와 같은 생각이겠지? 제갈소소가 단도제의 허술한 계획을 눈치채지 못했을 리가 없어. 그럼에도 불구하고 제갈소소가 허락한 이유가 무당의 세력을 줄이기 위해서라면 그냥 지나치지는 않을 거다."

제갈수련은 고개를 내저었다.

"그럴 리가 없어."

하나 그녀의 표정에서 자신감을 찾기란 요원했다.

적운비는 표정을 굳힌 채 나직이 읊조렸다.

"당장 전서구를 날려서 천룡맹을 되돌려."

제갈수련은 당황해하며 황급히 외쳤다.

"하지만 그렇게 되면 무림도독부의 배후를 노리는 계획에 차질이 생겨!"

적운비는 서늘한 시선으로 제갈수련을 내려다보며 나직이 읊조렸다.

"내가 해결한다."

* * *

정마대전은 그리 쉽게 일어나지 않는다.

사대천은 수십 년간 자신의 영역을 공고히 하지 않았던가. 그렇기에 영역의 경계에는 산과 들을 가리지 않고 거미줄 같은 경계망이 펼쳐져 있었다.

그러니 황실의 공문이 내려왔다고 해서 당장 쳐들어오지는 않을 것이다. 또한 마인들이 대규모로 움직이면 정보망에 걸리는 것은 당연하지 않은가.

그렇기에 고래로부터 정마대전은 쉽게 일어나지 않았다. 다만 한 번 시작된 정마대전을 멈추는 것 또한 그리 쉽지 않았다.

'태상의 움직임이 관건인데…….'

태상은 골수 정파인답게 명분을 우선시 한다.

그러니 암객과 함께 합공하려던 계획이 실패한 이상 다시 한 번 야음을 틈타지는 않을 것이다.

황실의 명을 받은 만큼 정정당당하게 북왕의 죄를 물으며 진격할 것이 분명했다.

'태상이라면 정마대전을 이미 예상하고 있을 거야.'

그러니 태상의 진격은 정마대전의 발발 시점과 일치할 가능성이 높았다.

그렇다면 아직 시간은 충분했다.

제갈수련에게 호언장담을 했지만, 태상의 배후를 공격하는 일은 그리 쉽지 않을 터였다.

무려 천룡맹을 대신해야 하는 일이 아닌가.

'내가 직접 나설 수도 없으니…….'

자연스럽게 뇌리에 떠오르는 곳이 있었다.

* * *

적운비가 무림도독부의 배후를 공격할 대상으로 소림사를 선택했다. 그렇기에 경공을 극성으로 운용하며 숭산으로 향했다.

숭산은 곧 소림이다.

하나 적운비는 그중 제석의 거처를 찾아갔다.

그렇기에 소림이 위치한 소실봉이 아닌 인적이 드문 봉우리로 향했다. 본래 숭산은 불문의 성지답게 이름 없는 암자와 주인 없는 토굴이 가득하지 않은가.

그럼에도 불구하고 적운비는 거침이 없었다.

제석의 특수한 기운은 멀리서도 가감 없이 전해질 정도로 강렬했기 때문이다.

'소림사에 빚을 지웠다고 해서 다짜고짜 무림도독부의 배후를 공격해 달라고 할 수는 없어. 하지만 제석을 통한다면 충분히 가능해. 어찌 됐든 소림방장이 가장 의지하는 존재니까.'

관건은 제석을 설득할 수 있느냐였다.

제석은 지난날 천룡맹에서 헤어질 당시 적운비에게 경고하지 않았던가. 자신과 소림을 정치적으로 이용하지 말라고 말이다. 그러니 적운비의 의도가 어쨌든 순순히 따르지는 않을 터였다.

한데 적운비는 부탁을 하러 가는 입장임에도 당당하기만 했다.

훌륭한 선물을 준비했기 때문이다.

'이거 하나면 만사형통이지. 크큭!'

잠시 후 반쯤 허물어진 작은 암자가 모습을 드러냈다. 절벽 끝에 자리한 암자는 강풍이라도 불면 절벽 아래로 굴러 떨어질 것처럼 위태로웠다.

"다시 볼일은 없었을 텐데?"

적운비가 제석의 기운을 느끼듯 그 역시 마찬가지였다.

제석은 못마땅한 표정으로 뒷짐을 지고 있었다.

적운비는 애써 환하게 웃으며 손을 흔들었다.

"마침 집에 있었네. 상리존자는 잘 처리했나?"

"소림의 일이야. 그대가 알 바 아니지."

"매정하군."

"매정을 논할 사이는 아니지 않은가."

제석의 목소리에는 경계심이 가득했다.

적운비는 어깨를 으쓱거리다가 한 걸음 비켜섰다.

그가 있던 자리에는 장정 한 명은 들어갈 법한 궤짝이 놓여 있었다.

"관?"

제석의 말에 적운비는 궤짝을 향해 지풍을 날렸다.

콰쾅!

상판이 날아간 궤짝의 안에는 봉두난발의 괴인이 누워 있었다. 머리카락 사이로 눈알이 움직이는 것으로 보아서는 점혈된 듯 보였다.

"뭐하는 자인가?"

제석은 여전히 괴인보다 적운비를 경계하며 물었다.

그리고 적운비는 대답 대신 다시 한 번 지풍을 날렸다.

핑—

괴인은 허리를 움찔하더니 빠르게 몸을 튕겼다. 허리힘으로만 일장 넘게 솟구치는 것으로 보아선 엄청난 무위를 지닌 것이 분명했다.

제석의 눈동자가 격하게 흔들렸다.

괴인의 무위보다 그로 인해 흘러나오는 마기에 경악을 금치 못한 것이다.

"이것은?"

적운비는 대답 대신 괴인을 향해 몸을 날렸다.

퍼퍼퍼퍼퍼퍽!

괴인은 어찌 된 일인지 제대로 된 반항도 하지 못한 채 적운비의 주먹에 피떡이 되도록 얻어맞아야 했다.

"끄어어……."

적운비는 괴인의 혈도를 짚은 후 돌아섰다.

"점혈을 하고, 단전까지 금제한 상태다. 그런데도 이런 기운을 풍기지."

제석은 눈을 가늘게 뜨며 물었다.

"일전에 말했던 비공기라는 것인가."

"그래, 맞다. 천괴의 위협이 본격화됐고, 그 제자들은 정마대전을 일으켜 천하를 피로 물들이려 한다."

"……."

"소림은 어찌할 것인가? 그걸 묻고 싶어서 왔다."

제석의 입매가 일그러졌다.

"그걸 왜 나한테 묻는 거지? 소림은 방장 휘하 삼대전주, 오대각주가 버젓이 존재하고 있는 것을 모르는 것이냐?"

"방장을 움직일 수 있고, 삼대전주와 오대각주의 불만을 잠재울 수 있는 존재가 너 외에 또 있던가?"

적운비의 말에 제석은 대꾸하지 못했다.

잠시 후 제석이 궤짝을 턱짓으로 가리키며 물었다.

"누구지?"

"천괴의 제자. 화산쌍선께서 저놈을 잡으려다 부상을 당하셨다. 천괴의 제자는 사태천과 황실 깊숙한 곳에 몸을 숨기고 있어. 이처럼 전란이 본격화되면 막고 싶어도 막을 수 없게 될 거다."

제석은 깊은 생각에 잠겼다.

적운비의 말에 공감하면서도 소림의 수호자인 제석이라는 위치상 섣불리 움직일 수 없었던 게다.

"지난날 검천위께서 천괴를 봉인하실 때 소림은 광혜인무대진을 펼쳐 자연지기를 가렸다. 그 이전에도 소림은 강호의 위기를 도외시하지 않았지."

"크흠."

"당금 소림의 봉문은 파벌싸움으로 인해 벌어진 것. 그것을 세인들이 알게 될까 두려운 것인가? 소림의 명성을 지키기 위해 강호의 안녕을 고민해야 할 정도로?"

적운비의 말에는 날이 서 있었다.

제석은 표정을 굳힌 채 말을 잇지 못했다.

"소림에 무엇을 바라는 거지?"

적운비는 기다렸다는 듯이 말을 이었다. 더 이상 제석을 몰아붙이기보다는 좋은 말로 회유하려는 게다.

"무림도독부가 연왕부를 공격할 거다. 한데 패천성과 연왕부는 외적의 난립의 방어하고, 황실의 암습을 막아내느라 힘이 많이 빠진 상태야. 소림이 무림도독부의 배후를 점한다면 적이 운신할 수 있는 폭이 상당히 좁아질 거다."

"직접적인 개입보다 무력시위 정도를 원하는 건가?"

적운비는 어깨를 으쓱거렸다.

"물가에 끌고 갈수는 있지만, 억지로 물을 마시게 할 수는 없는 노릇이잖아."

개입의 수위를 소림에게 맡긴다는 뜻이다.

하나 적운비의 배려는 고맙기보다 더욱 큰 압박이나 다름없었다.

적운비가 쐐기를 박았다.

"강호와 관부가 물과 기름이라지만, 이번 일은 상황이 달라. 강호인들만 피해를 보는 선에서 끝나지 않고, 민초들까지 큰 화를 당할 거다."

"알고 있다."

제석의 시큰둥한 말에 적운비는 입꼬리를 올렸다.

"어차피 지난 일로 인해서 모두가 소림의 개입을 기다리고 있을 거다. 기왕 할 거면 기분 좋게 하라고. 어찌 됐든 간에 소림은 강호의 수호자잖아."

"흥!"

적운비는 제석의 콧방귀를 대수롭지 않게 넘기며 돌아섰다. 이제 공은 소림의 손으로 넘어갔다. 얼마나 강하게 던질지는 그들의 몫으로 남으리라. 그리고 향후 무림의 세력판도 또한 소림의 대처로 인해 정해질 것이 분명했다.

'소림이라면 더 강해져도 좋다. 그것이 강호를 위해서도 무당을 위해서도 좋아.'

*　　*　　*

염라는 연병장을 내려다보며 침음을 흘렸다.

수천의 군세가 연병장을 가득 메우고 있었지만, 불안함은 사라지지 않았다.

시간이 흐를수록 불안감은 가중됐다.

결국 그는 참지 못하고 돌아섰다.

"주군, 연왕부와 패천성의 전력은 바닥을 드러냈습니다. 한데 어째서 공격을 명령하지 않으시는 겁니까?"

태상은 염라의 우려에도 태연자약했다.

"실기(失期)를 걱정하는 겐가?"

"그렇습니다. 황실의 명을 받았으니 천(天)을 갖췄고, 연왕부는 오랜 전투로 인해 방어가 취약하니 지(地) 또한 문제가 되지 않습니다. 이제 세력까지 우위에 있으니 인(人)까지 모두 우리에게 있습니다. 한데 무엇을 걱정하시는 겁니까?"

태상은 고개를 내저었다.

"연왕부만 없앤다고 해결될 일이 아니야. 그 후에 북방의 방비는 어찌할 것이며, 황실을 좀 먹고 있는 명수라는 또 어찌할 것인가? 나라의 녹을 먹는 신료로서 결코 좌시

할 수 없지!"

염라는 눈을 휘둥그레 떴다.

태상과 황실은 이권으로 묶인 관계가 아닌가.

한데 태상은 명수라가 부상을 당했다는 소식을 접하자마자 충심을 거론했다.

'이 사람, 무림도독부로 끝낼 생각이 아니야.'

염라의 예상이 옳았다.

태상은 연왕부의 사태를 지켜본 후 공격하지 않고 일부러 시간을 끌었다. 그리고 명수라의 부상을 확인한 후에도 움직이지 않았다. 그의 얼굴에 미소가 드리워진 것은 명수라의 행방이 묘연해진 후부터였다.

'클클, 팔이 잘리고, 배에 구멍이 났다니 다시 나타나려면 오랜 시간이 필요할 게야.'

그러니 태상은 연왕부에 대한 공격에 성급할 이유가 없었다. 염라의 말처럼 연왕부의 상황은 바람 앞의 등불이고, 모래 위에 쌓은 성과 같았다.

한 마디로 언제든지 처리할 수 있는 상대였다.

게다가 패천성의 수뇌인 화산쌍선 중 한 명은 중상을 입었고, 눈엣가시나 다름없던 적운비는 연왕부를 떠나지 않았던가.

그렇기에 연왕부에 연연하지 않고, 더 큰 그림을 그리기 시작한 것이다.

'명수라의 빈자리는 내가 채우면 되지 않겠는가!'

황제는 이미 명수라의 괴뢰로 전락한지 오래였다.

태상은 명수라의 빈자리를 채울 자신이 있었다.

'이제 천룡맹의 시선만 돌리면 내 앞을 막을 자는 없다고 해도 무방하지.'

황실의 명을 받았다는 명분으로 족하다.

민초의 삶이 피폐해지고, 애꿎은 사람들이 죽어나자빠지는 것에 대한 감흥은 전무하다시피 했다.

그리고 하루가 지났을 때였다.

태상이 머무는 처소에 염라가 구르다시피 들이닥쳤다.

"주군! 주군!"

"무슨 일인가?"

태상의 얼굴에는 묘한 기대감이 어려 있었다.

그리고 염라는 태상의 기대에 부흥했다.

"사도련이 움직였습니다! 놈들이 묘시를 기점으로 천룡맹의 중소방파 열두 곳을 멸문시켰답니다."

"그래서? 천룡맹은?"

염라의 입가에 비릿한 혈소가 맺혔다.

"일차로 외단 다섯 개 대를 급파했습니다. 그리고 현재 소속 문파들에게 통문을 돌렸으니 오늘이 가기 전에 이차 파견대가 정해질 겁니다."

정마대전의 시작을 알리는 움직임.

태상은 여유롭게 수염을 쓰다듬으며 나직막이 한 마디를 흘렸다.

"군세를 총동원하여 역모를 꾀한 북왕의 목을 가져오라."

염라는 부복하며 외쳤다.

"존명!"

第四章

사도련,
그리고 단도제

정마대전(正魔大戰)

시작하기도 어렵고, 끝내기도 어렵다.

한데 사도련이 그것을 시작했다.

야음을 틈타 중소방파 십수 곳을 멸문시켰고, 강호인 수백 명을 참살했다. 그러고는 터전을 잡지 않고 다음 먹잇감을 향해 사라졌다.

천룡맹의 대응은 신속했다.

수백 명의 무인을 경계로 급파했고, 소속 방파들에게 통문을 돌렸다. 그렇기에 지금 이 순간에도 천룡맹 인근에는 각지에서 몰려온 무인들로 인해 더없이 소란스러웠다.

적운비가 천룡맹에 도착한 시기는 그 소란스러움이 극에 달했을 때였다.

한데 바쁘고 소란스러운 와중에서 망부석처럼 서 있는 여인이 눈에 들어왔다.

'예화?'

적운비는 천룡맹의 내부로 들어서려다 걸음을 멈췄다. 다시 한 번 살펴봐도 진예화가 맞다. 한데 그녀는 연왕부에 있어야 하지 않은가.

"예화야!"

진예화는 천룡맹으로 향하는 관도를 응시하다가 화들짝 놀라며 돌아섰다. 그러고는 적운비를 확인하자마자 환하게 웃으며 얼굴을 붉히는 것이 아닌가.

"나를 기다린 거야?"

적운비의 말에 진예화는 고개를 떨궜다. 그러고는 살며시 고개를 끄덕였다.

'내가 소림사를 거쳐왔다고 해도 벌써 와있는 거라면 비슷한 시기에 떠났다는 건데…….'

아무리 생각해 봐도 진예화가 자신을 기다리고 있을 이유는 하나였다.

'수련의 행동이 그녀를 자극한 건가?'

적운비는 진예화의 소매를 잡았다.

길에서 대화를 이어가기에는 부적절했기 때문이다.

진예화는 적운비가 소매를 당기자 자연스럽게 끌려왔다.

조용한 곳을 찾기란 그리 어렵지 않았다.

다만 이야기를 풀어나갈 방법을 찾지 못했기에 조금 더 한적한 곳을 찾아 헤매야 했다.

한데 두 사람의 문제를 해결하기 위한 사건은 예상치 못할 정도로 빠르게 일어났다.

진예화가 손을 움직여 적운비의 손을 잡았고, 적운비는 자연스럽게 소매를 놓치고 그녀의 손을 맞잡았다.

묘한 떨림과 작은 두근거림.

잠시 후 두 사람 앞에 한적한 공터가 모습을 드러냈다. 그리고 언제나 그랬듯 두 사람은 같은 곳을 보며 자리에 앉았다. 예전과 다른 점이라면 손을 맞잡고 있는 것이 전부였다.

"숭산에 들렀다고 들었어. 갔던 일은 잘 됐어?"

진예화가 숭산을 거론한 이상 그녀를 부추긴 사람을 예상하기란 그리 어려운 일이 아니었다.

적운비는 제갈수련을 떠올렸다.

'배포가 사내 부럽지 않군.'

제갈수련이 자신에게 연정을 내비쳤던 순간보다 지금이 더욱 마음에 들었다. 그녀는 진예화의 마음을 모른 척하지 않았고, 기회를 준 것이다.

적운비의 입가에 미소가 드리워졌다.

제갈수련의 배려와 진예화의 용기가 기특했기 때문이다.

"잘됐어."

"다행이네. 이제 연왕부는 안전한 거야?"

적운비는 한숨을 내쉬었다.

"정마대전이 벌어졌어. 어디도 안전하다고 할 수 없지. 끝나는 그 순간까지 방심하면 안 돼."

진예화는 잠시 입술을 오물거렸다. 그녀가 천룡맹까지 달려온 이유는 자신의 마음을 고백하기 위해서였다. 한데 천하정세를 논하고 있으니 답답함만 배가됐다.

그 순간 적운비가 진예화의 어깨를 슬며시 감쌌다.

그러고는 허공을 응시한 채로 말을 이었다.

"꼭 말이 아니어도 돼. 마음을 전하는 방법은 많잖아. 그렇지만 세상일이 어디 마음처럼만 되나. 그러니 한 마디만 할게."

적운비는 고개를 숙여 진예화의 귓가에 나직이 속삭였다.

"같이 가자."

고개를 숙인 진예화의 입가에 옅은 미소가 걸렸다.

"좋아."

적운비는 진예화의 손을 잡고 몸을 일으켰다.

"너는 무당으로 돌아가."

"무당으로? 사도련 때문에 지금 천룡맹은 도움을 필요로 하고 있잖아. 그런데 무당으로 가라고?"

진예화는 살짝 자존심이 상한 듯 볼을 붉혔다.

하나 적운비는 단호했다.

"사도련으로 끝날 일이 아니야. 사도련이 시작했으니 혈마교도 뒤따를 것이 분명해. 사도련을 따라잡기 위해서 총력을 기울이겠지. 그렇다면 혈마교가 사도련보다 더 위험해."

진예화는 더 이상 고집을 피울 수가 없었다.

그도 그럴 것이 혈마교가 움직이면 호북성은 당장이라도 전화에 휩싸인다. 그렇다면 혈마교의 첫 목표는 무당파가 될 것은 자명했다.

"알았어. 네 말대로 할게."

적운비는 그제야 빙긋 웃으며 진예화의 앞머리를 쓰다듬었다.

"배우고, 깨우친 대로만 움직이면 큰 문제는 없을 거야. 그래도…… 조심해."

진예화는 입술을 삐죽이며 시선을 피했다.

"나는 어린애가 아니라고."

"어린애는 아니지만, 내게는 소중한 존재니까."

결국 적운비의 말에 진예화의 얼굴은 터질 것처럼 붉게 물들었다.

"칫, 어릴 때부터 말은 청산유수였지. 그나저나 너는 어떻게 하려고?"

적운비는 표정을 굳혔다.

"격려할 사람, 따질 사람, 그리고 혼내줄 사람의 일을 해결해야겠지."

진예화는 고개를 갸웃거렸지만, 이내 고개를 끄덕이며 말했다.

"다 해결하고 무당으로 돌아와. 그때까지 한 놈도 본산을 습격하지 못하게 만들 테니까."

적운비는 주먹을 불끈 쥐고 외치는 진예화의 모습에 폭소를 터트렸다.

잠시 후 두 사람의 그림자가 하나로 포개졌고, 몇 마디의 밀어가 전해졌다. 적운비는 떨어지는 것을 아쉬워하는 진예화를 두고 돌아섰다.

"네 마음의 짐이 되지는 않을 거야. 나는 강해!"

그 말을 끝으로 적운비의 신형이 흩어지듯 사라졌다.

그제야 진예화의 얼굴에서 미소가 사라진다.

울상을 짓다시피 한 그녀의 입술을 비집고 구슬픈 한 마디가 흘러나왔다.

'너라서 걱정돼. 네가 강한 걸 알아서 더 걱정돼. 그러니까 부디 무사히 돌아와.'

진예화는 하늘을 향해 몇 번이나 적운비의 안녕을 빌었다.

*　　*　　*

천룡맹의 권력은 맹주를 시작으로 수직적 구조를 이룬다. 패천성의 권력이 성주를 중심으로 방사형으로 퍼지는 것과는 궤가 달랐다.

그렇기에 맹의 권력구조를 파악하는 것은 너무도 손쉬웠다. 그야말로 맹주의 신임을 받는 자만 확인하면 되기 때문이다.

천룡맹을 거론할 때 절대 빠지지 않는 이름.

괴공 적운비, 그리고 문상(文相) 제갈소소.

천룡맹주는 적운비와 제갈소소가 있는 이상 내부의 적은 걱정하지 않아도 될 정도였다. 이제 제갈소소가 문상으로 임명되었으니, 세인은 적운비가 무상으로 추대될 것이라 예상했다.

그만큼 두 사람의 자리는 반석과도 같았다.

한데 적운비는 연왕부로 떠난 이후에 소식이 두절됐다. 그렇기에 제갈소소는 사도련의 침공을 막아 내기 위해 쉬지도 못한 채 회의를 계속해야 했다.

"잠시 혼자 있고 싶군요."

제갈소소는 문사들이 나선 후에야 이마를 짚으며 한숨을 내쉬었다.

몇 시진째 이어진 회의에 지쳐버린 것이다.

한데 갑작스러운 돌풍과 함께 회의장 내부의 촛불이 모조리 빛을 잃었다. 제갈소소는 갑작스러운 어둠에 눈을 가늘게 떴다. 그리고 그녀가 어둠에 익숙해졌을 무렵 창가 근처에서 사람의 그림자를 찾을 수 있었다.

"웬 놈이냐?"

"나다."

제갈소소는 싸늘한 대답에 눈을 휘둥그레 떴다.

"적운비? 연왕부는 어쩌고 여기에 와 있는 거야?"

그 순간 주변의 대기가 무겁게 가라앉았다.

제갈소소는 전신을 옥죄는 기운에 미간을 찡그리며 나직이 신음을 흘렸다.

"크흑!"

동시에 그녀의 몸은 무언가에 끌리듯 허공으로 떠올랐다. 당연히 육신을 짓누르는 고통은 배가 됐다.

적운비의 싸늘한 목소리가 이어졌다.

"질문은 내가 한다. 단도제 어디 있어?"

"호연평."

목을 짓누르던 기운이 조금 느슨해졌다.

"일차 선발대를 지휘해서 호연평으로 갔어."

호연평이라면 사도련의 다음 공격지로 예상되는 지점이 아닌가. 사도련이 중경의 호연평을 점령하게 되면 패천성의 영역인 섬서 남부와 천룡맹의 영역인 호북 서부가 코앞이다.

그러니 패천성과 천룡맹으로서는 포기할 수 없는 전략적인 요충지였다. 한데 패천성은 연왕부의 일로 사도련과 맞서 싸울 수없는 형편이 아닌가. 그렇기에 내부적으로는 천룡맹이 섬서 남부의 무인들까지 규합하여 대대적인 방어진을 펼치기로 작전이 진행 중이었다.

"네가 보냈냐?"

적운비의 물음에 제갈소소는 도리질을 쳤다.

"아니라고? 제갈수련이 천룡맹을 이탈했으니 단도제만 처리하면 천룡맹의 권력은 네게 집중된다. 그래서 일부러 단도제를 사지로 내몬 것이 아니더냐?"

제갈소소는 인상을 쓰며 외쳤다.

"아니야. 멍청아! 단도제는 자청해서 선발대를 떠맡았

어. 오기린과의 의리를 지키기 위해서라도 본인이 가야한데. 나야 말렸지. 단도제가 죽으면 네 말처럼 장점이 더 많아. 하지만 이 몸은 너와 척을 지면서까지 단도제를 처리할 만큼 모자란 사람이 아니야. 물론 맹주께서 허락만 하면 못할 것도 없지만!"

마지막 사족은 그녀의 자존심이리라.

하나 적운비는 단도제의 목적을 듣고 이미 잔뜩 신경이 곤두선 상태였다.

'멍청한 놈! 죽은 놈 복수를 하러 간다니…….'

사태천 중 사도련이 가장 약한 것은 사실이다.

하나 그렇다고 해서 천룡맹의 일개 부대가 막아 낼 정도로 허약하지는 않았다. 게다가 사도련주는 천괴의 제자가 아닌가. 그 역시 명수라가 그랬던 것처럼 상당한 수의 암객을 부릴 것이 자명했다.

그렇다면 선발대는 천룡맹의 힘이 결집되는 시간을 벌기 위한 화살받이나 마찬가지였다.

"후속대는?"

"어제야 겨우 통문을 돌렸어. 아무리 빨라도 저녁에야 출발할 수 있어."

적운비는 아랫입술을 질끈 베어 물었다.

그 순간 어색한 웃음과 함께 남궁신의 한 마디가 들려왔다.

"일단 내 내자가 될 사람이니까 내려주면 안 될까?"

제갈소소를 옥죄던 기운이 느슨해졌다.

적운비는 고개를 돌려 남궁신에게 물었다.

"혼인하고도 이렇게 휘둘릴 셈이냐?"

남궁신은 천룡맹주라는 직위에 어울리지 않게 호들갑을 떨며 손사래를 쳤다.

"나는 반대했다!"

적운비가 혀를 차며 제갈소소를 내려놓았다.

남궁신은 그제야 한숨을 내쉬며 제갈소소를 부축했다.

"내가 뭐랬어? 저 녀석이 모를 리 없다니까."

남궁신의 말에 제갈소소는 슬며시 얼굴을 붉혔다.

"칫!"

적운비는 듣지 않아도 제갈소소의 의도를 파악할 수 있었다. 자신이 광분하여 찾아올 것을 예상하고, 남궁신을 대기시켜 놓은 게다. 그리고 제갈소소를 심하게 핍박할 때 남궁신이 나서서 중재를 하려는 것이 목적일 터였다.

"어릴 때도 그러더니, 여전히 쓸데없는 짓에 목을 메는구나."

적운비의 타박에도 제갈소소는 싸늘한 표정을 유지했다.

"신을 위해 뭐든지 하려는 마음은 좋지만, 그로 인해 네 스스로 발목을 잡고 있는 건 아닌지 한 번 생각해 봐라. 최소한 네 언니는 이제 그런 단계는 지났거든?"

"흥! 단도제를 위해서 한시라도 빨리 떠나는 게 좋을 텐데? 늦으면 후회할 거야."

"내가 천룡맹에 있는 게 마음에 들지 않나 봐?"

"아무리 착한 척해도 나중에 어찌 될는지는 아무도 모르는 거잖아. 군사라면 그 어떤 상황도 미리 예상하고 대비해야겠지."

적운비는 결국 헛웃음을 지으며 물러섰다.

남궁신에 대한 제갈소소의 마음만은 그 역시 어찌할 도리가 없었다.

"이거 가지고 가."

적운비는 남궁신이 던진 명패를 받고 고개를 갸웃거렸다.

"뭔데? 예전에 준 것도 아직 있다."

"그건 개인적으로 준 거였고, 이번 거는 맹 차원에서 발급하는 거다."

적운비는 명패에 쓰인 문구를 확인하고 입꼬리를 올렸다.

명천지검 척마멸사(明天之劍 斥魔滅邪).

— 밝은 하늘의 검으로 사마를 척멸하라.

뒷면에는 두 개의 글자만 묵빛으로 새겨져 있었다.

무상(武相)

*　　*　　*

흔히 사태천의 강약을 나눌 때 사도련은 가장 하위에 위치하기 마련이다. 하나 머릿수를 따지자면 천룡맹과 패천성을 합친 것보다 많았다.

그러나 누구도 사도련의 세를 두려워하지 않았다.

그도 그럴 것이 강호문파의 힘은 고수의 숫자로 정해지지 않던가. 삼류무사가 아무리 많아봤자 고수 한 명의 힘을 따라가지 못하는 법이다.

한데 그것은 작은 싸움에서나 통용되는 계산법이다.

평소라면 관부의 감시 때문에 백 명도 모이기 힘들었다. 한데 황실에서 내려온 공문 탓에 머릿수의 제한이 풀린 것이다.

고수라고 해도 사람인 이상 한계는 있는 법.

수십 수백 명이 달라붙으니 한 지역의 패자라 불리던 무인조차 유명을 달리해야 했다.

파죽지세(破竹之勢).

사도련의 진격은 황충(蝗蟲) 떼처럼 거침이 없었다.

호연평을 마주하기 전까지는 말이다.

쾅!

사도련주 오확의 주먹이 석벽을 가루로 만들었다.

"오백이다. 수천의 군세가 고작 오백을 이기지 못해 이틀 동안 걸음을 멈췄다. 이게 말이 된다고 생각하느냐?"

사안당의 참모들은 고개를 들지 못했다.

사안당(邪眼堂)은 만안당주와 단도제에 이어 사도련에 신설된 정보단체의 명칭이다. 하나 만안당이 풍비박산나고, 단도제가 사도련을 떠났으니 지자가 남아 있을 리 만무하지 않은가. 결국 사안당은 이름뿐인 정보단체로 제구실을 하지 못하고 있는 상태였다.

사안당주는 잠시 머뭇거렸지만, 입을 열지 않았다.

'호연평의 입구는 이름처럼 호리병을 닮아 수적 이득을 보기 어렵다. 하나 이것을 말한다 하여 무엇이 달라지겠는가.'

오확은 참모들을 보며 울화통을 참지 못했다.

하나 자신이 박살 낸 벽 너머에는 수백여 명의 수하들이 도열하고 있지 않은가. 그러지 않아도 저들의 시선이 집중된 탓에 화를 내기도 뭐한 상황이었다.

"크흑! 오늘 밤까지 호연평을 뚫을 방책을 가지고 오라. 그렇지 못한다면 사안당 전체에 죄를 묻겠다!"

사안당의 참모들은 꿀 먹은 벙어리처럼 대꾸도 하지 못한 채 물러나야 했다.

"반나절 만에 뚫을 방책이라니요?"

참모 중 한 명이 호연평을 가리키며 한탄하듯 외쳤다. 참모들의 시선은 자연스럽게 호연평의 입구로 향했다.

호연평의 입구는 본래 마차 대여섯 대가 지나갈 만큼 넓었다. 그렇기에 호리병의 입구처럼 생겼다는 말이 무색할 정도였다. 한데 천룡맹의 선발대가 정말로 호리병의 입구를 만들어 버린 것이다.

사안당주는 호연평의 입구를 보며 침음을 삼켰다.

'오 장 너비의 입구를 막으려면 엄청난 양의 바위가 필요해. 한데 저들은 두 시진 만에 입구를 좁혀놨어. 그 말은 곧 이미 준비를 해 왔다는 뜻이 아닌가?'

선발대의 참모는 참으로 대범한 작전을 실행한 셈이다. 만약 사도련이 호연평에 도착하자마자 진격했다면 천룡맹의 선발대는 바위를 나르는 와중에 습격당했을 것이 분명했다. 선발대의 괴멸로 천룡맹은 물론이고, 중소방파의 사기는 바닥을 쳤을 것이다.

'보통 놈이 아니야. 상대 군사가 누군지만 알아도 방책이 나올 법도 한데…….'

참모가 사안당주에게 물었다.

"당주, 어찌하오리까?"

호연평의 입구에는 이미 사도련 무인들의 시체가 즐비했다.

하나 사안당주는 오확의 불호령을 피하기 위해 어쩔 수 없이 명령을 내려야 했다.

"은린대를 내보내게."

"이미 은추대와 은명대가 전멸했습니다. 은린대로 가능하겠습니까?"

"어쩔 수 없잖은가. 시간이라도 벌어야지. 은린대주에 최대한 시간을 끌라고 전하게."

참모의 얼굴이 일그러졌다.

잔혹한 은린대주에게 사지로 들어가라는 명령을 전해야 했기 때문이다.

*　　*　　*

사도련이 공세를 준비할 때에도 호연평의 입구는 고요하기만 했다.

"잠시 쉬시지요."

단도제의 말에 호연평의 입구를 막고 있던 중년인은 고개도 돌리지 않은 채 말했다.

"그래도 되겠는가?"

"이미 네 시진째 계시지 않았습니까? 지금은 힘을 비축할 시기입니다. 잠시 후면 적의 공세가 이어질 겁니다."

중년인은 그제야 어깨의 힘을 풀며 돌아섰다.

그는 패천성의 중진인 매화검군 문백경이었다.

연왕부와 패천성이 곤경에 처했지만, 그는 천룡맹에 남아 단도제를 돕고 있었던 것이다. 남궁신과 제갈소소가 적운비를 믿으라며 호언장담을 했기에 가능한 일이었다.

"그럼 잠시 쉬겠네."

매화검군은 평소의 고아했던 모습과 달리 피곤한 기색이 역력했다. 하루 전 사도련의 대대적인 공세를 앞장서서 막아냈기에 고수인 그로서도 한계에 봉착한 것이다.

매화검군의 빈자리는 상대삼승(上臺三僧)이 맡았다.

안휘성 구화산에서 은거하고 있던 전대의 명숙으로 남궁세가의 초빙을 받아 합류한 상태였다.

"부탁드리겠습니다."

세 명의 노승은 반장으로 답을 대신했다.

단도제는 황급히 매화검군이 향한 쪽으로 걸음을 옮겼

다. 선발대의 전력은 예상 외로 강했다. 그러나 매화검군이나 상대삼승과 같은 고수의 숫자는 부족했다. 사도련의 군세는 시야를 가득 채울 정도였으니 매순간 전략과 전술을 수정해야하는 일이 비일비재했다.

'검군에게 여력이 남아 있으면 좋겠군.'

매화검군은 입구 반대편의 그늘진 곳에 앉아 있었다. 단도제는 운기조식하고 있는 매화검군을 보다가 한쪽에 서 있는 청년에게 다가갔다.

"봉 소협이라고 하셨지요?"

청년의 정체는 봉일평이었다. 보타암으로 돌아가려던 그가 검후의 제자인 연리를 따라 여기까지 흘러들어온 것이다.

"말씀 편하게 하시지요."

봉일평의 말에 단도제는 빙긋 웃었다.

"천룡학관에 계셨었지요? 저도 그때 그곳에 있었습니다. 소속은 달랐지만요. 어찌 됐든 운비와 봉 소협의 관계는 잘 알고 있습니다."

단도제의 말에 봉일평은 겸연쩍은 표정을 지었다.

"괴공과 동기였다고 자랑할 정도는 아닙니다."

"별말씀을요. 선발대에 자원하셨다고 들었습니다. 그것만으로도 봉 소협은 우대받을 자격이 충분합니다."

봉일평은 쓴웃음을 흘렸다.

'그저 연리를 따라온 것뿐인데…….'

그의 시선이 반대편으로 향했다.

그곳에는 매계사협의 수장인 희륜과 연리가 담소를 나누고 있었다. 이미 선발대 내에서도 두 사람은 유명했다.

화산의 차기 장문인감과 검후의 제자.

선발대의 분위기를 좌우할 만했다.

"검군께서 운기조식을 얼마나 하신다고 하던가요?"

봉일평은 훔쳐보다가 걸린 사람처럼 화들짝 놀랐다.

"아! 이각 정도만 지켜봐달라고 하셨습니다."

"이각이요? 흠, 알겠습니다."

단도제는 봉일평에게 포권을 한 후 도포가 날릴 정도로 빠르게 돌아섰다.

검군의 휴식처에서 삼십 보 정도 떨어진 곳에 간이 막사가 설치되어 있었다.

단도제는 발을 밀치며 들어섰다.

"모두 모이셨습니까?"

십여 명의 무인들이 자리에서 일어났다.

선발대의 총대주인 광인검자(廣刃劍者) 용무백이 단도제를 반겼다.

"군사 오셨구려. 검군과 삼승은 교대를 했소이까?"

"예, 그렇습니다. 다행히 교대 후에 적의 기습이 있었습니다."

"기습?"

"사도련 외단의 은린대입니다. 백여 명 정도이니 상대삼승께서 쉽게 처리하실 겁니다."

대주들은 사도련의 진영을 쳐다보며 호탕하게 웃었다.

"하하하! 놈들이 번갈아 와서 죽어주니 이것이야말로 땅 짚고 헤엄치기가 아닌가 싶습니다."

용무백 역시 수염을 쓰다듬으며 만족스러워했다.

"클클, 호연평으로 향하면서 바위와 돌을 모으는 모습이 영 탐탁지 않았거늘…… 이제는 군사의 혜안에 감탄을 금치 못하겠구려."

"그렇습니다. 맹주께서 극구 추천하신 이유가 있군요. 호연평의 입구를 막아버린 이상 놈들은 섣불리 돌파를 꿈꾸지 못할 겁니다."

용무백과 대주들은 전황을 낙관하며 기쁨을 감추지 못했다.

하나 단도제의 표정은 그리 밝지 않았다.

"오늘 밤이 고비입니다."

대주들은 단도제의 말에 고개를 갸웃거렸다.

호연평의 입구를 막고, 사도련의 발을 묶지 않았는가. 이제 선발대는 사도련의 간헐적인 공세를 막으며 후발대를 기다리면 되는 것이다.

"갑자기 고비라니. 그게 무슨 소리인가?"

단도제는 어두운 표정으로 입을 열었다.

"여기 계신 분들은 모두 제 과거를 아실 겁니다. 한때 사도련의 소련주를 섬겼지요."

용무백과 대주들은 고개를 끄덕였다.

하나 그들은 단도제의 실력을 인정하는 것과는 별개로 불편한 기색을 감추지 못했다.

단도제는 개의치 않고 말을 이었다.

"사도련에 관하여 저만큼 아는 사람은 없을 겁니다. 현재 사도련의 머리 역할을 하고 있는 사안당의 당주는 제 밑에서 일하던 자입니다."

마뜩찮은 표정을 짓고 있던 대주들은 화색을 띠며 반겼다.

"사안당주는 지혜와 화술이 뛰어납니다. 하나 그는 성정이 소심하여 실기하는 경우가 많으니 바로 지금이 그때입니다."

용무백은 고개를 갸웃거렸다.

"군사의 말이 옳소. 그러니 우리가 이처럼 방비에 만전을 기할 수가 있었잖은가. 한데 무엇이 고비란 말인가?"

단도제는 쓴웃음을 머금었다.

"사도련주 오확 역시 이 사실을 모를 리 없습니다. 본래 오확은 욕심이 많고, 멀리 보지 못하는 자입니다. 그런 자가 힘을 얻었으니 더욱 포악해졌겠지요. 아마 오확의 참을성은 오늘 밤이 한계일 것입니다."

"하면 총공세라도 펼칠 것이란 말인가?"

"엄청난 피해를 감수하고서라도?"

단도제는 이를 갈며 단언했다.

"오확에게 수하란 소모품에 불과합니다. 심지어 친아들조차 이득이 되면 가차 없이 끊어 낼 정도로 말입니다."

용무백과 대주들은 여전히 의아한가 보다.

그들은 호연평의 입구를 응시하며 고개를 갸웃거렸다.

서너 명이 움직일 수 있을 정도로 좁은 통로가 입구였고, 주변은 모두 절벽이며 이미 선발대의 무인들이 점거한 상태였다.

제갈세가의 연노와 투창기까지 설치했으니 사도련은 접근하는 것만으로도 큰 피해를 입을 것이다.

"정사대전이 하루 이틀에 끝날 싸움도 아닌데 그럴 리가……."

단도제는 호연평 지도를 한쪽으로 치우며 말했다.

"모든 것을 무의미하게 만드는 힘!"

용무백과 대주들은 뒤늦게 소문으로만 접했던 자들을 떠올렸다.

"천괴의 비공기로 만들어진 암객과 혈객. 그들은 시간만 들이면 얼마든지 공방에서 찍어내는 것처럼 만들어 낼 수 있습니다."

"비공기라……."

"암객? 혈객? 소문의 그들인가."

그러고 보니 지금껏 사도련은 삼류 무인들만 끊임없이 밀어 넣었을 뿐이다.

"호연평 밖에는 사도련 무인들의 시체가 쌓여 있습니다. 지금 이 순간에는 더 쌓였겠지요. 암객과 혈객이라면 시체의 산을 디딤돌 삼아 절벽으로 날아오를 수 있을 겁니다."

"하지만 그 역시 피해가 만만치 않을 텐데……."

되묻는 대주의 표정에서 확신을 찾기란 요원했다.

"오확만 살아 있으면 됩니다. 그렇다면 암객과 혈객은 얼마든지 만들어 낼 수 있고, 그런 힘이라면 알아서 사파인들이 몰려들 겁니다."

용무백은 무거운 한숨을 내쉬며 탄식했다.

"그렇다면 우리가 무엇을 해야 하는 건가? 아니 할 수 있는 일이 있기는 한 것인가?"

단도제는 잔뜩 가라앉은 분위기를 띄우기 위해 애써 웃

음을 지었다.

"오확을 죽이면 됩니다!"

한데 단도제의 생각만큼 대주들의 표정은 쉬이 풀리지 않았다.

"그렇게만 된다면 암객과 혈객은 힘을 잃을 것이고, 사파인들은 지리멸렬하여 사방으로 흩어질 겁니다."

"허허, 가장 어려운 방법이구려."

단도제는 입꼬리를 올렸다.

"제가 할 것입니다."

"뭐라?"

용무백과 대주들이 미심쩍은 표정을 지었다.

"실은 제게 방법이 있습니다. 오늘 밤을……."

단도제가 계획을 설명하려는 순간 호연평의 입구에서 폭음이 터졌다. 동시에 적의 습격을 알리면 북소리와 종소리가 사방에서 난무했다.

'사안당주가 은린대 외에 다른 수를 준비했을 리가 없는데…….'

단도제는 막사 밖으로 뛰쳐나갔다.

그리고 호연평의 입구를 바라보는 순간 눈을 부릅뜰 수밖에 없었다.

검은 그림자를 늘어트리며 번뜩이는 무리.

그들은 어느새 절벽 위를 점거한 채 선발대가 준비한 연노와 투창기의 방향을 바꾸고 있었다.

쉭쉭쉭쉭쉭쉭!

잠시 후 화살비가 선발대의 진형에 내리꽂혔다.

'암객을 벌써 투입해?'

봉일평이 황급히 달려와 매화검군의 전언을 외쳤다.

"군사! 상대삼승이 쓰러졌습니다! 검군은 입구로 향했습니다."

단도제는 아랫입술을 깨물며 진저리를 쳤다.

이미 선발대에 자진 참가하면서 죽음을 각오하지 않았던가. 그럼에도 불구하고 눈앞에서 그려지고 있는 지옥도에는 치를 떨지 않을 수가 없었다.

'사안당주가 이처럼 과감하게 들이대다니……. 내가 틀린 건가?'

그 순간 용무백이 검면이 넓은 패검을 뽑고 나섰다. 그는 단도제의 등짝을 후려치며 말했다.

"허허! 상황이 급변했구려. 이제 군사는 대국을 지휘해 주시오. 나는 좀 나가 봐야겠군."

용무백과 대주들이 단도제를 지나쳤다.

단도제는 찰나간 무력감을 느꼈으나, 이내 팔목을 움켜쥐며 호흡을 가다듬었다.

앙상한 팔목에 감긴 가죽 띠의 거친 느낌.

그렇다. 이걸 얻기 위해 많은 시간을 할애하지 않았던가. 그러니 죽더라도 이건 제대로 사용하고 떠나야 할 터였다.

"봉 소협! 전령을 모아주세요. 반대편 절벽에 지휘소를 설치하겠습니다."

봉일평이 떠난 자리에 남은 것은 검후의 제자인 연리였다.

"연 소저, 희 소협은 검군께 갔습니까?"

연리는 최전선으로 나선 정인이 걱정되는지 울상을 지은 채로 고개를 끄덕였다.

"후발대가 하루거리에 있습니다. 전서구를 보내야 하니 소저가 소식 좀 전해 주세요."

"뭐, 뭐라고 해야 할까요?"

단도제의 눈빛이 잠시 흔들렸다.

검후의 제자 치고는 강단이 없다. 검법의 성취야 뛰어나겠지만, 심지가 굳지 못하니 보타암의 미래가 그리 밝아 보이지 않았다.

하나 자신이 애써 우려할 필요는 없지 않은가.

"암객의 총공세로 인해 방어진이 붕괴했다고 적으시면 될 겁니다."

연리는 허공에 붕 떠 있던 자신에게 할 일이 생겼다고 여겼는지 지금까지와는 다르게 빠른 걸음으로 자리를 옮겼다.

단도제는 절벽에 올라 전장을 내려다봤다.

암객의 숫자는 서른 명 정도였고, 혈객은 그보다 많은 백여 명 정도였다.

'좁은 진형을 뚫고, 위에서 공격해야 하니 적당한 숫자다. 그러나 사안당주가 펼 칠 만큼 과감한 공세는 아니야. 누구지? 누가 오확을 돕고 있는 거냐?'

*　*　*

단도제를 당황하게 만든 사람은 다름 아닌 천괴의 옆을 지키던 만안당주였다.

사도련주 오확은 만안당주를 보며 파안대소했다.

"크하하하! 속이 뻥 뚫리는군요."

만안당주는 담담한 표정으로 입을 열었다.

"있으면 써야지, 아끼다 똥 되는 법일세."

오확은 겸연쩍은 표정을 지었다.

"아직까지는 암객을 저리 막 다루는 것에 익숙하지가 않아서요."

"이제 사제도 얼마든지 암객을 찍어낼 수 있지 않은가.

그러니 필요한 곳이 있다면 아끼지 말고 사용하게. 대업을 이루는 것이 가장 중요하니까."

"이제 총공세를 펼쳐 적을 섬멸하도록 하겠습니다!"

만안당주가 말리고 나섰다.

"암객과 혈객의 기운이 무르익지 않았어. 선발대니까 저들에게만 맡기는 것이 좋겠어."

오확은 고개를 끄덕이며 수긍했다.

암객과 혈객 중 피 냄새에 민감한 쪽은 후자였다.

그러나 피 냄새가 진할수록 마성이 깨어나는 것은 암객과 혈객 모두 마찬가지였다. 즉, 암객과 혈객은 싸우면 싸울수록 강해지는 괴이한 성장형태를 지닌다. 철을 담금질하여 강도를 높이는 것처럼 말이다.

선발대 정도면 살성을 깨우기에 충분하리라.

오확은 한결 느긋한 표정으로 전장을 응시하다가 슬그머니 물었다.

"한데 저 녀석은 뭡니까?"

만안당주의 곁에는 복면을 사내가 멀뚱히 자리를 지키고 있었다. 만안당주가 나타났을 때부터 그림자처럼 뒤를 따르는 자였다.

"명사는 사부께서 눈으로 붙여주신 자네."

"하면 혈마교에도?"

만안당주는 고개를 끄덕였다.

"그쪽에는 명조가 가 있지."

"황궁에도 있겠군요."

만안당주는 고개를 내저었다.

오확은 그 모습에 내심 기분이 좋아졌다.

가장 강력한 경쟁자라고 여겼던 명수라가 자신보다 뒤처진 것처럼 느껴졌기 때문이다.

반면 만안당주의 표정은 어딘가 어두웠다.

'명수라가 연왕부에 나타난 것은 오만한 짓이었어. 그 결과 큰 부상을 입었으니 황궁은 당분간 손을 쓰기 힘들겠군.'

명수라의 부상을 안타까워하는 것이 아니다.

그로 인해 일어날 변수를 걱정하는 것이다.

'괴공에게 시간적 여유가 생긴다. 자! 그대는 그 여유를 어떻게 사용할 텐가?'

가장 유력한 경우의 수는 바로 이곳에 나타나는 것이다. 사도련주 오확은 명객을 붙여 준 것에 대해 기쁨을 감추지 못했다. 거기에 만안당주인 자신까지 함께했으니 총애를 받는 것으로 여긴 듯하다. 하지만 천괴가 자신과 명사를 보낸 이유 또한 괴공 때문이리라.

'판단하기를 원하는 건가? 죽기를 원하는 건가?'

오늘따라 바람이 차다.

만안당주는 연회를 구경하듯 즐기고 있는 오확을 향해 나직이 한 마디를 던졌다.

"슬슬 정리가 되어 가는군. 이대로 기세를 몰아 진격하면 호연평의 끄트머리에서 적의 후발대를 만날 수 있을 거야."

오확은 자신만만한 표정을 지으며 몸을 일으켰다.

지리적 이점이 아닌 힘과 힘의 싸움이라면 당연히 승리를 자신했다.

"모두 몸 풀라고 해. 선발대가 무너지면 고속으로 진군한다!"

* * *

암담하다. 그러지 않으려고 해도 조금씩 무력감이 전신으로 스며든다.

선발대에 속한 무인들의 공통적인 생각이었다.

혈객은 강하다. 그런데 암객은 더욱 강했다.

상대삼승은 암객 다섯 명의 합공을 받았다. 그러나 채 오십여 합을 겨누기도 전에 상지승의 목이 잘렸다. 그 후로는 일사천리였다. 합격진이 깨졌으니 상천승과 상인승은 오래

버티지 못한 채 수많은 시체 틈바구니에 처박혔다.

입구가 뚫리는 것과 절벽 위를 점거당한 시간은 비슷했다. 이제 선발대의 무인들은 전면에서 압박해오는 암객을 상대하는 것도 모자라, 머리 위로 쏟아질 화살비까지 걱정해야 했다.

암객은 그야말로 살인귀와 다르지 않았다.

사람을 죽이면서도 양심의 가책을 느끼기는커녕 괴성을 질러 대며 즐거워했다. 오히려 사파인을 상대할 때가 심적으로 편했을 정도였다.

"막아라! 더 뚫리면 놈들에게 호연평을 내주게 된다!"

용무백은 이리저리 뛰며 사기를 끌어올리기 위해 애썼다. 하나 한번 흐트러진 선발대의 기세는 쉬이 정리되지 않았다.

그를 욕할 수는 없는 노릇이다.

오히려 그는 할 수 있는 최선을 다했다.

다섯 명의 혈객을 베었고, 두 명의 암객을 저승으로 보냈다. 하지만 동료의 피 냄새를 맡고 환희에 가득한 표정을 짓는 놈들을 보면 조금도 힘이 나지 않았다.

이미 일선이 무너졌고, 바위와 막사를 방어진 삼아 산발적으로 교전이 일어나고 있었다. 하나 머리 위의 화살비를 걱정해야 하는 무인들의 공세는 소극적일 수밖에 없었다.

"장검대주가 죽었습니다."

"부대주가 지휘합니다. 백호당을 장검대의 후위로 보내세요. 이제 장검대와 백호당의 지휘는 용 대주에게 맡깁니다. 최대한 빠르게 용 대주를 중심으로 지휘체계를 통일해야 해요."

단도제는 전장을 내려다보며 쉴 새 없이 진형을 조율했다.

"피하세요!"

봉일평이 황급히 앞으로 나서며 검을 휘둘렀다.

터텅!

맞은편 절벽에서 혈객들이 지휘소를 발견한 것이다. 그들은 아래로 향했던 연노의 방향을 틀어 단도제를 노리기 시작했다.

쉬쉬쉬쉬쉭!

봉일평의 무위로 연노에서 발사된 화살을 모두 막아내는 것은 불가능에 가까웠다. 결국 그는 단도제를 안고 바위 뒤로 몸을 날렸다.

그 순간 전령이 절벽 위로 뛰어올라왔다.

퍼퍼퍼퍽!

전령은 고슴도치가 되어 쓰러지는 와중에 절망적인 한 마디를 흘렸다.

"용 대주가 죽었……."

단도제는 봉일평을 밀치며 절벽 아래로 고개를 내밀었다.

"아……."

십여 명의 혈객들이 용무백을 둘러싸고 있었다.

그리고 그들의 검은 용무백의 전신을 쉴 새 없이 찌르고 또 찔렀다. 용무백을 시작으로 지친 대주들이 하나둘씩 쓰러졌다.

수뇌부가 무너졌으니 암객과 혈객의 살육은 더욱 가속화됐다.

선발대의 무인들은 그럼에도 불구하고 죽음을 각오한 채 검을 맞댔다. 용무백의 외침처럼 호연평을 내주면 천룡맹의 영역 전체가 위험해진다.

그러나 혈객과 암객은 지칠 줄을 몰랐다.

선발대의 진형은 한순간에 허물어졌고, 암객과 혈객은 그 틈을 비집고 들어와 살육을 시작하려 했다.

단도제는 주먹을 불끈 쥔 채 전신을 부르르 떨었다.

도망치라는 말이 목구멍까지 차올랐지만, 꽉 다물어진 입술을 비집고 나오지 못했다.

이제 와서 등을 보인다고 살려줄 저들이 아니다.

어차피 죽을 거라면 시간이라도 끌어야 했다.

"크흑!"

단도제는 어쭙잖은 보법까지 펼치며 절벽을 구르다시피 내달렸다.

자신의 팔목에는 아직도 오확을 위해 준비한 비장의 한 수가 묶여 있지 않은가. 오확을 죽이지 못하는 것은 아쉽지만, 최소한 암객이라도 저승길의 길동무로 삼을 생각이었다.

스륵—

단도제가 소매를 걷어 올렸다.

그의 팔목에는 자그마한 원형 철통이 달린 검붉은 띠가 묶여 있었다.

"이거나 처먹어라!"

단도제는 암객을 겨눈 채 왼 손바닥으로 철통의 뒷부분을 후려치려 했다.

한데 그 순간 일진광풍이 몰아치는 것이 아닌가.

마치 천신이 노한 것처럼 거세게 몰아치는 광풍이 절벽 위를 휩쓸었다.

단도제는 그 모습을 보는 순간 눈을 부릅떴다.

그러고는 목이 터져라 외쳤다.

"퇴각! 퇴각! 무조건 퇴각!"

그가 왔다.

그러니 한 명이라도 더 살려서 훗날을 도모해야 마땅했다. 광풍은 단도제의 마음을 읽은 것처럼 그의 목소리를 협곡 곳곳으로 퍼트려 주었다.

"퇴각하라!"

第五章

괴공(傀公)으로 우뚝 서다

바람은 어디에나 존재한다.

그렇기에 바람이 뭉쳐드는 것 또한 지극히 자연스러운 일이다. 하나 혈객들의 머리 위로 내리꽂히는 기운은 결코 하늘의 뜻이 아니었다. 그저 하늘을 대신하는 누군가의 의지가 가득 담겨 있을 뿐이었다.

그그그극—

천신의 손이 대지를 할퀴듯 거대한 광풍이 절벽 위를 쓸고 지나갔다.

콰콰콰콰쾅!

절벽의 높이가 적어도 다섯 치는 낮아졌을 정도의 폭발

이었다. 그러니 그 위에 있던 혈객들은 흔적조차 찾기 어려울 정도로 산산조각이 나버렸다.

단도제의 퇴각명령이 떨어진 것도 이즈음이었다.

자연재해와도 같은 폭발에 선발대의 무인들은 겁을 집어먹고 물러섰다. 심지어 암객과 혈객들도 잠시나마 주춤거리며 사태의 추이를 지켜볼 정도였다.

하나 천신의 노여움과 같은 자연재해는 이제 시작이었다.

"이 사람 같지도 않은 새끼들이 어디서 칼질이야!"

대갈일성과 함께 절벽에서 튕기듯 내리꽂히는 인영이 있었다.

암객은 혈객과 달리 사내의 공세를 막기 위해 대비하려 했다. 한데 천하무적의 기운으로 여겼던 비공기가 뒤틀리며 주인의 명령을 거부하는 것이 아닌가.

불현듯 뇌리를 스치는 존재가 있었다.

암객 중 한 명이 더듬거리며 하나의 이름을 흘려 냈다.

"괴, 괴공."

"너 따위가 부를 이름이 아니다!"

적운비는 손바닥을 편 채 허공을 밀어냈다.

콰직!

그 순간 암객의 머리가 두부처럼 으깨지며 폭발했다. 뇌수와 피가 뒤섞여 흩날리는 모습은 제아무리 암객이라고 해도 경계할 수밖에 없었다.

하나 오확의 명령은 절대적, 적의 말살이라는 본능을 막지 못했다.

"죽여라!"

암객의 명령에 혈객들은 부나방처럼 적운비를 향해 달려들었다.

적운비의 시선은 명령을 내린 암객에게서 떨어지지 않았다. 이미 명수라를 통해 비공기의 절대적인 상하관계를 파악하지 않았던가.

머리만 자르면 그 아래는 저절로 자멸할 것이다.

'그 후에는 사도련주를 자른다!'

적운비는 거침없이 걸음을 내디뎠다.

태극의 형으로 보법을 펼치고, 양손은 안에서 밖으로 원을 그렸다.

퍼퍼퍼퍼퍼퍼퍽!

혈객들은 적운비에게 접근하지도 못한 채 피떡이 되어 튕겨 나갔다.

"꺼져라!"

적운비가 손목을 비틀자, 소매가 휘둘리며 전방으로 광풍이 몰아쳤다. 경로에 있던 혈객들은 이번에도 무기조차 휘두르지 못한 채 절명했다.

암객 정도가 그나마 적운비의 공세를 막아 냈다.

그러나 비껴내지 않고 정면으로 부딪친 자들의 말로는 혈객과 크게 다르지 않았다.

쾅!

지금껏 전방으로 질주하던 적운비가 허공으로 솟구쳤다. 지금 이 순간에도 혈객과 선발대의 무인들은 산발적인 교전을 이어갔다. 그렇기에 최대한 빨리 적의 수장을 처리하는 요량이었다.

암객 역시 자신을 향해 일직선으로 내달리던 적운비의 의중을 금세 눈치챘다.

"크흑! 막아라! 내 앞을 막아!"

하나 하늘에서 내려오는 적운비를 막기란 요원한 일이었다.

암객은 쌍장을 휘돌리며 연방 비공기를 쏘아 냈다.

검붉은 반월형의 강기가 호선을 그리며 꽂혀든다.

"후우……."

적운비의 눈빛은 깊게 가라앉았고, 호흡은 평온했다. 한데 그 호흡의 흐름은 멀리 떨어진 암객에게 전해질 정도였다.

그리고 암객이 그것을 인식하는 순간이었다.

삼 장이나 떨어져 있던 적운비가 지척에 이르러 있는 것이 아닌가. 적운비가 뻗은 팔은 암객의 눈앞이었고, 손바닥이 시야를 가렸다. 적운비의 손바닥이 암객의 볼을 감쌌고, 동시에 미끄러지듯 턱을 휘감았다.

콰지직!

암객의 머리가 삐거덕거리며 한 바퀴나 돌아갔다.

"끄어억!"

이쯤 되면 제아무리 암객과 혈객이라고 해도 살심을 드러내기 힘들었다. 그들의 목적은 선발대의 섬멸이지, 무의미한 자멸이 아니지 않은가.

이처럼 저들이 본능을 드러낸 이유는 대장이었던 암객이 죽었기 때문이다.

적운비의 시선이 마주친 혈객이 몸을 돌려 도주했다. 그를 시작으로 암객과 혈객들은 개미떼처럼 사방으로 흩어졌다.

하지만 협곡을 빠져나가는 길은 하나뿐이었다.

"후우……."

적운비는 다리를 벌리고 가볍게 무릎을 굽혔다. 그리고 양손의 바닥을 아래로 하여 천천히 흔들었다.

마치 저잣거리의 도인공처럼 흐느적거린다.

하지만 그 여파는 적지 않았다.

손이 흔들릴 때마다 보이지 않는 파장이 일어났다.

그리고 그것은 대지에 스며들었다.

쿠쿠쿠쿠쿵!

적운비가 마치 거죽을 쥐고 흔드는 것처럼 대지가 요동을 쳤다. 보법까지 펼치며 내달리던 암객과 혈객들은 일제히 균형을 잃고 비틀거렸다.

그 모습을 지켜보던 단도제가 혼신의 힘을 다해 외쳤다.

"쳐라!"

* * *

오확의 표정에서 조금 전의 여유를 찾기란 요원했다. 그는 특별히 주문한 교자의 팔걸이가 뭉개지는 것도 의식하지 못할 정도로 분노를 드러냈다.

"크흑! 저게 검천위의 제자라는 자입니까?"

만안당주는 무심한 표정으로 적운비의 신위를 지켜봤다.

'강하군. 한데 예상을 벗어나지 않았어.'

어차피 천괴가 자신을 파견한 이유는 사도련을 도우라는 따뜻한 배려가 아니었다. 천괴의 눈과 귀가 될 명객들의 성능을 시험하기 위한 전장이 필요했을 뿐이다.

"흔들리지 말게."

만안당주의 말에도 오확은 쉬이 분을 가라앉히지 못했다. 아무리 암객과 혈객이 소모품이라고 해도 숨을 쉬는 것처럼 손쉽게 찍어낼 수는 없었다. 또한 오확은 천룡맹이 아니라 혈마교를 최종 상대로 여겼다. 그러니 전력의 손실은 뼈아플 수밖에 없었다.

"이번 충원은 내가 도와줌세. 그보다 수하들의 동요를 추스르게. 정비가 되는 즉시 총공세를 펼쳐야 할 것이야."

"알겠습니다. 후발대와 합류하기 전에 저놈들을 처리하지요."

"암객의 공격으로 인해 바위더미가 많이 허물어졌군. 이제 협곡의 입구를 차지한 이점이 사라졌으니 준비되는 대로 빠르게 밀어붙이면 될 것이네."

오확이 사안당주를 향해 외쳤다.

"십천사를 불러라!"

이내 십여 명의 복면인이 오확 앞에 부복했다.

명수라가 그랬던 것처럼 오확도 자신의 내력을 주입한 암객을 만들어 낸 것이다.

'명수라는 오만하여 고작 세 명의 암객으로 덤볐지. 하지만 나는 그렇지 않아!'

오확은 스스로 겸손하다 자부했다.

그렇기에 십여 명의 암객을 키워내면서 전력을 다했다.

이들이 바로 자신의 수족이 되어 천하를 호령할 것이기 때문이다.

"너희들은 괴공이 포위됐을 때 은밀하게 목숨을 취해라. 목숨을 아끼지 말고 놈을 죽여라! 반드시 죽여야 해! 알겠느냐?"

십천사(十天邪)는 대답 대신 비공기를 갈무리했다.

당장이라도 출수할 준비를 끝낸 것이다.

"련주, 좌도칠대와 사도십단의 정비가 끝났습니다."

오확은 사안당주의 보고를 듣고서야 입가에 미소를 띄웠다.

사도련의 정예인 좌도칠대(左道七隊)는 지나간 자리에 풀뿌리조차 남지 않는다는 악명으로 유명했다. 그리고 사도십단(邪道十團)은 사도련에 소속된 방파 중 가장 큰 열 개의 세력을 뜻하지 않던가.

그러니 좌도칠대와 사도십단은 사도련의 무력 중 팔 할을 차지할 정도로 엄청난 규모를 자랑했다.

오확은 괴공에 대한 분노를 잠재웠다.

이제 반 시진도 지나지 않아 놈의 머리통이 자신의 앞을 굴러다니리라.

"단 한 놈도 살려 두지 마라! 오늘의 대승을 시작으로 지겨운 사태천의 균형을 무너트리고 사도련이 독존하리라!"

오확의 외침과 함께 좌도칠대와 사도십단이 돌아섰다. 이제 그들의 검과 도는 선발대를 향할 것이고, 그들은 목표를 이룰 때까지 결코 멈추지 않을 것이다.

"돌격하라!"

사도련주 오확의 일갈을 시작으로 이천여 명이 넘는 사도련의 무인들은 경공을 펼치며 전방으로 내달리기 시작했다.

만안당주는 그 모습을 물끄러미 지켜봤다.

사도련을 향한 사감은 사라진 지 오래였다.

그럼에도 불구하고 좌도칠대와 사도십단의 위용은 대단했다.

'과연 주군의 명을 이행할 수 있을까?'

천괴의 명령에 의구심을 가졌던 만안당주가 불현듯 눈을 가늘게 뜨며 전방을 노려봤다. 호연평의 입구에서 번뜩이며 튕겨져 나온 존재가 있었기 때문이다.

'괴공?'

저리 빨리 움직이는 자가 또 있을 리 만무했다.

한데 괴공의 후미에는 그 누구의 모습도 찾을 수가 없었다.

'설마 만부부당(萬夫不當)을 자신하는 것인가?'

좌도칠대와 사도십단은 괴공을 무시했다.

괴공을 둘러싸도 상대할 수 있는 인원은 한계가 있지 않은가. 괴공을 겹겹이 둘러싸는 것보다 적당한 인원을 남기고 선발대를 추살하는 것이 저들의 전략이었다.

퍼퍼퍼퍼퍼퍽!

만안당주의 눈매가 더욱 가늘어졌다.

사파인들에게 둘러싸인 괴공의 모습은 찾을 길이 없다. 하나 방금 전까지만 해도 기세 좋게 달려갔던 사파인들이 허공으로 튕겨 나가는 것으로 괴공의 위치를 유추할 수 있었다.

'맙소사! 무인지경이로구나!'

괴공의 경로를 확인한 사안당주를 비롯한 참모들의 안색이 창백하게 변했다.

그는 호연평의 입구를 떠난 이후 몇 번이나 사도련 무인들의 제지를 받아야 했다. 하나 누가 앞길을 막아도 결국은 뚫어내고 내달렸다. 일직선으로 이어진 경로의 끝은 사도련의 본진이었다.

참모 중 한 명이 대경실색하여 외쳤다.

"막아! 막아라!"

난생처음 마주한 전란에 넋을 놓았나 보다.

콰직!

오확의 지풍이 참모의 머리통을 꿰뚫고 지나간 후에야

분위기가 가라앉는다. 하나 이것은 미봉책일 뿐, 지금 이 순간에도 괴공은 본진을 향해 쇄도하고 있지 않은가.

오확은 표정을 굳힌 채 괴공의 움직임을 살폈다.

'더 와라! 더…… 조금만 더!'

십천사의 기척이 느껴진다.

다른 사람은 몰라도 영혼의 주인인 오확만은 확연하게 느낄 수 있었다. 십천사는 괴공의 경로를 읽고, 미리 은신하고 있는 상태였다.

오확은 일부러 몸을 일으켜 괴공에서 자신의 위치를 밝혔다.

"나 사도련주 오확이 이곳에 있다! 감히 어린 핏덩이가 재주를 자랑하는가?"

잠시라도 괴공의 집중력을 분산시킬 수 있다면 이깟 연기는 얼마든지 해 줄 수 있었다.

그리고 십천사와 괴공의 거리가 십여 보로 좁혀졌다.

'죽어라! 지옥에 스스로 발을 들이거라!'

마침내 괴공이 십천사의 권역에 발을 들였다. 그리고 십천사 중 여덟이 팔방에서 솟구쳤다. 이어 하늘과 땅에서도 쇄도하니 삽시간에 괴공은 옴짝달싹 못하는 신세가 되었다.

오확의 입매가 파르르 떨린다.

그 어느 때보다 강렬하고, 파괴적으로 꿈틀거리는 십천사의 비공기가 온몸으로 느껴진다.

극한의 쾌락!

오확은 광소를 터트리며 외쳤다.

"죽여라!"

* * *

적운비가 호연평 밖으로 뛰어나온 것은 돌발행동이 아니었다. 제아무리 적운비라고 해도 수천 명을 상대로 싸움을 걸 수는 없지 않은가.

무엇보다 사도련은 정마대전의 첫 상대에 불과했다.

'시간은 충분해!'

적운비는 미간을 찡그리며 혀를 찼다.

개미떼처럼 몰려오는 적의 규모 때문이 아니었다.

호연평의 협곡에서 단도제를 구한 조금 전의 일을 떠올린 게다.

적운비는 단도제의 무사함을 확인하자마자 멱살을 틀어쥐었다.

오기린의 사후 함께하기로 약조하지 않았던가.

단가의 병법이 만천하에 뿌리내릴 때가 함께하자고 말이

다. 한데 녀석은 일부러 사지나 다름없는 정사대전의 최전선으로 자청하여 나섰다.

이유는 불을 보듯 뻔했다.

오기린의 복수를 하려는 게다.

멍청한 놈이다.

무능한 주인에 멍청한 수하다.

멍청한 주제에 머리가 좋아서 더욱 화가 났다.

정사대전이 끝나도 혈마교와의 정마대전이 기다리고 있지 않은가. 그 후 황궁과의 관계도 정리해야 했고, 가장 큰 난적인 천괴의 위협 또한 코앞까지 다가온 상태였다.

녀석이 강호의 위기를 모를 리 없지 않은가.

한데 녀석은 사적인 감정을 앞세웠다.

단도제의 멍청한 표정을 떠올리는 순간 다시 한 번 미간이 일그러졌다.

멱살을 잡힌 단도제는 숨을 거칠게 몰아쉬었다.

하나 적운비는 손에 힘을 빼는 대신 질책 가득한 일갈을 내질렀다.

"왜 그랬냐?"

"미안해요."

적운비는 밀치듯 멱살을 놓았다. 그러나 이내 단도

제의 팔목을 움켜쥐며 흔들었다.

"이게 제갈소소가 준 거냐? 사도련주가 이깟 만고진혈통관에 맞아 죽기라도 할 것이라 여긴 거냐? 정녕 그리 생각한 것이야?"

단도제는 씁쓸한 표정으로 지으며 읊조렸다.

"그래도 가장 강력한 암기랍니다."

적운비는 검붉은 암기통을 혀를 찼다.

만고진혈통관(萬蠱盡血筒管)은 수백 개의 비침 안에 고독을 넣어 상대의 피를 말려 죽이는 악독한 암기였다.

사라진 만독당의 비전인 필살의 암기.

그것이 바로 만고진혈통관이다.

그러나 비공기를 익힌 사도련주에게 통할 가능성은 희박했다.

적운비는 단도제의 표정을 보며 녀석의 다짐을 읽어냈다.

'그렇게 마음이 통하던 녀석이었냐?'

짜증은 여전했지만, 부럽기도 했다.

결국 적운비는 단도제를 풀어주며 입을 열었다.

"이제 우리는 호연평을 막은 것이 아니라 갇힌 셈이 되었어. 방법은 하나다. 너도 알지?"

단도제는 고개를 끄덕였다.

"하지만 그러려면 시간이 더 필요해. 아직 맹의 준비가 끝나지 않았을걸요?"

적운비가 입꼬리를 올렸다.

"그건 걱정 마. 내가 사도련주를 네 앞에 무릎 꿇려줄게."

단도제는 적운비의 확신 가득한 눈빛을 보며 그제야 웃음을 보였다.

"괴공의 말이라면 믿지 못할 이유가 없지요. 한데 제 앞에 무릎을 꿇리신다면……."

"그래, 조건이 있다."

"흐음, 설마 제가 생각하는 그것인가요?"

적운비는 고개를 끄덕이며 목소리를 낮췄다.

"무당에 입문해라. 그리고 나를 대신해서……."

뒷말은 전음으로 이어졌다.

단도제는 침음을 내뱉었다.

그도 그럴 것이 그의 인생이 결정되는 순간이다.

하지만 오래지 않아 고개를 끄덕이며 웃음을 보였다.

"그리하겠습니다."

터터터터터텅!

적운비의 소매가 스치지도 않았는데 사도련의 무인은 비명과 함께 튕겨 나간다. 그 수가 기십을 넘어서자, 사도련에서도 고수들이 출몰하기 시작했다.

이미 좌도칠대와 사도십단의 돌격은 비탈길을 구르는 수레바퀴와 같았다. 그렇기에 그들은 적운비를 상대하기 위해 멈춰 서는 대신 고수들을 중심부로 집결시켰다.

삽시간에 이십여 장을 내달린 적운비의 발길이 처음으로 주춤거렸다.

사파인들이 슬쩍 물러나며 공간을 만든 것이다.

그리고 그 자리를 다섯 명의 사파인이 채웠다.

눈앞에 등장한 다섯 무인의 기도는 범상치 않았다.

살기에 젖어 번들거리는 눈동자.

핏물에 절어 변색된 패도.

개심의 여지를 찾을 길이 없다.

그중 하나가 호기롭게 입을 열었다.

"감숙의 패주였던 천살오도가……."

적운비는 천살오도의 말이 채 끝나기도 전에 혜검을 극성으로 끌어올렸다. 그러고는 손끝에서 휘몰아치는 기운을 면장의 묘리로 내질렀다.

촤라라라라라락!

공간을 가득 채우는 바람의 칼날!

천살오도는 수백 명에게 칼질을 당한 것처럼 편육이 되어 흩어졌다.

혈향을 잔뜩 머금은 바람이 무인들 사이를 휘돈다.

잠깐의 침묵이 만들어 낸 공백.

적운비는 처음보다 빠르게 내달렸다.

좌도칠대와 천사십단의 시선을 끌어야 했다.

'아직 멀었어!'

적운비는 사파 무인들 너머에 흐릿하게 보이는 사도련의 본진을 노려봤다.

"놈이 본진으로 가려 한다!"

"막아! 막아!"

"길을 비켜라 폭풍제랑검이 출수한다!"

폭풍제랑검은 장기인 발검술을 사용하기 위해 큰 걸음으로 접근했다. 하지만 검을 반도 뽑지 못한 채 칠공에서 피를 토하며 쓰러져야 했다.

적혈쌍노도, 백비혈객도, 묵호철주도 마찬가지였다.

적운비의 일수도 버텨 내지 못했다.

그러나 인해전술의 효과는 금세 나타났다.

"놈의 걸음이 느려졌다!"

"지쳤을 때 끝을 봐야 한다! 쳐라!"

적운비는 일부러 틈을 보였다.

사도련의 무인들은 공포에 질려 있다가도 적운비의 지친 모습을 보고 묘한 감흥에 휩싸였다.

만약 적운비만 죽일 수 있다면 천룡맹의 선발대를 이긴 것과는 비교도 할 수 없을 만큼 큰 공을 세우게 되는 셈이다.

더불어 강호에 이름을 날리는 것 또한 가능하리라.

"후우……."

적운비가 손으로 얼굴을 훔치자 핏물이 묻어 나왔다.

일부러 피를 낸 것이지만, 사도련의 무인들이 그것을 알아챌 리 만무했다.

욕망은 공포보다 빠르게 전염된다.

어차피 사파인은 내일이 아닌 오늘을 사는 작자들이 아니던가.

무위에 자신 있는 자들이 하나둘씩 거리를 좁혔다.

그 즈음 호연평의 협곡으로 진입했던 좌도칠대가 모습을 드러냈다.

"없어! 적이 없다!"

"이미 빠져나갔다! 본진에 연통을 넣어라!"

선발대의 종적은 묘연했다.

사도십단의 수장들은 동시에 입맛을 다셨다.

동시다발적으로 추살 명령이 하달됐고, 유기적으로 움직이던 사도십단의 진형이 뭉개지는 것은 한순간이었다.

그로 인해 적운비가 기다리던 길이 열렸다.

"차핫!"

적운비는 맑은 고성과 함께 뛰어올랐다.

터터터터터터텅!

수십여 명의 사파인이 길을 막으려 했지만, 짚단처럼 쓰러지는 것이 고작이었다.

두 호흡 만에 수백 명을 지나쳤다.

사도십단의 무리가 등 뒤에 남았고, 이제 사도련의 본진까지 평지였다.

그 순간 본진의 중심부에서 사도련주 오확이 일갈을 내질렀다. 그의 호방한 모습에도 적운비는 코웃음을 쳤다.

'어설픈 도발은 하지 않는 게 낫다고!'

파팟—

한 걸음에 삼 장씩 나아가는 적운비의 모습은 마치 비조와 같았다. 그리고 마침내 적운비는 십천사가 매복하던 지점에 발을 들였다.

파파파파팟—

평평한 대지를 뚫고 솟구친 열 명의 흑의인.

좌도칠대와 사도십단의 무인들조차 놀람을 금치 못했을

정도로 갑작스러운 등장이었다.

하나 상대가 좋지 않았다.

적운비를 앞에 두고 비공기를 감춰봤자 무의미한 일이 아닌가.

지이이이잉!

열 명의 비공기가 묘하게 얽혀 들었다.

적운비는 운신의 폭이 좁아진 것에 개의치 않고 허공으로 몸을 띄웠다.

발밑에서 이뤄진 적의 암습을 피한 것이다.

십천사의 입가에 회심의 미소가 맺혔다.

허공으로 도망친 적이라면 고정된 과녁과 다를 바가 없었다. 팔방을 막아섰던 적들이 적운비를 따라 몸을 날렸다. 한데 그들이 채 다가서기도 전에 사달이 일어났다.

적운비가 양팔을 벌린 채 몸을 휘돌렸다.

둥—

그 순간 바람이 뭉쳐들며 하나의 원이 만들어졌다.

적운비는 더욱 가속하여 회전했고, 출렁거리던 원의 크기는 마치 제천대성의 금고아처럼 쉼 없이 변화했다.

뭉쳐든 바람의 흐름에서 소리가 사라진다.

그러나 바람의 흐름은 더욱 격하다.

"하앗!"

적운비는 몸을 한껏 웅크렸다가 팔다리를 대자로 폈다.

그 순간 거대한 원이 쉼 없이 늘어났다.

십천사가 뒤늦게 벗어나려 했지만, 바람이 만들어 낸 원은 이미 온몸을 관통한 후였다.

"크아악!"

악귀의 울부짖음처럼 소름 돋는 비명과 함께 십천사 중 여덟 명의 상체와 하체가 분리된 채 추락했다.

적운비는 양손을 말아 자그마한 원을 그리며 허공을 후려쳤다.

콰지지직!

빨래를 쥐어짜는 것처럼 허공에서 내리꽂히던 십천사의 몸이 으스러졌다.

하나 적운비의 시선은 이미 넋을 놓은 표정으로 우두커니 서 있는 오확에게 꽂혀 있었다. 적운비는 천근추를 펼쳐 마지막 남은 십천사의 머리를 짓밟았다.

콰직!

적운비는 사도련의 본진 너머에서 희미하게 일어나는 흙먼지에 입꼬리를 올렸다.

'제 시간에 맞춰왔군.'

하나 사도련주 오확은 자신을 비웃는 것으로 밖에 여기지 않았다.

"크흑! 저놈을 잡아라! 내 앞에 무릎 꿇리는 자에게 부련주의 자리를 주겠다!"

하나 좌도칠대와 사도십단은 수백 장 밖에 뭉쳐 있지 않은가. 오확의 호위대가 나섰으나, 그 숫자는 고작해야 오십여 명에 불과했다. 그리고 십천사가 무너진 이상 호위대는 무용지물이나 다름없었다.

적운비는 호위대를 앞에 두고 발을 굴렀다.

콰쾅!

굉음과 함께 대지가 움푹 내려앉았다.

적운비의 신형은 엄청난 반동과 함께 포탄처럼 꽂혀든다. 십여 장을 한 호흡에 줄이더니 가볍게 대지를 박찬 후 재차 십여 장을 날았다.

오확의 일그러진 얼굴이 시야에 들어왔다.

적운비는 오확을 향해 쇄도하는 와중에 다시 한 번 몸을 비틀었다.

속도는 배가 됐다.

오확은 지척에 이른 적운비를 보며 더 이상 인내하지 않고, 비공기를 끌어냈다.

"놈!"

지이이이이이이이이잉—

오확의 몸에서 비공기가 거세게 피어올랐다.

그가 서 있던 교자는 산산조각이 났고, 교자를 짊어지고 있던 일꾼들은 피를 토하며 쓰러졌다.

비공기의 여파는 대지를 요동치게 만들었고, 잠시나마 하늘마저 까맣게 물들였다.

"크으으으!"

오확의 칠공에서 묵빛의 비공기가 연기처럼 흘러나와 갑옷처럼 전신을 감쌌다.

그리고 잠시 후 적운비가 만들어 낸 바람의 칼날과 오확이 만들어 낸 묵빛의 방패가 충돌했다.

쩡—

공간이 요동을 치며 흑백의 빛줄기를 쉴 새 없이 토해 냈다. 그리고 사도련의 본진은 충돌의 여파로 인해 거대한 철추가 두들긴 것처럼 움푹 내려앉았다.

하나 적운비와 오확인 부딪치며 만들어 낸 거대한 기의 공간은 여전히 반탄력을 토해 냈다. 이제 산 자와 죽은 자를 구분할 수 없을 만큼 혈향이 가득했고, 살과 피는 천이 되어 흐른다.

잠시 후 기의 공간에서 하나의 인영(人影)이 사지를 펄럭이며 튕겨 나왔다.

第六章

괴곡(怪谷)과 미령혼무(迷靈混霧)

"크아아아아아!"

먼지구름과 혈향을 뚫고 터져 나온 괴성!

목소리의 주인은 오확이었다.

한데 그가 뛰쳐나오기 전에 허공에서 하나의 그림자가 번뜩였다.

적운비가 백광으로 번뜩이는 빛줄기를 온몸에 휘감은 채 내리꽂힌 것이다.

콰콰쾅!

격전지가 공중에서 지상으로 바뀌었다.

그 여파가 다시 한 번 본진을 덮쳤고, 겨우 목숨을 부지했던 자들이 떼죽음을 당했다.

사도련 무인들의 표정은 똥을 씹은 것처럼 일그러졌다. 사도련주를 도와 적운비를 공격할 수도 없었거니와 그렇다고 해서 물러날 수도 없지 않은가. 그저 사도련주 오확이 승리하기를 바랄 뿐이었다.

"흐음."

만안당주는 눈을 가늘게 뜨고 먼지구름을 주시했다.

그 역시 천괴의 제자로서 비공기를 전수받은 상태였다. 그렇기에 드러나지 않았을 뿐 전장의 흐름을 가장 명확하게 읽어 내고 있었다. 한데 그런 그의 안력으로도 적운비와 오확의 움직임을 쫓기란 그리 쉽지 않았다.

'오확은 비공기를 극성으로 끌어냈군.'

주변 대기가 썩은 내를 풍기고, 대지는 가뭄에 지진이라도 겹친 것처럼 바짝 말라붙은 채 갈라졌다.

'저 정도라니 놀랍군.'

만안당주가 감탄하는 대상은 오확이 아닌 적운비였다. 무소불위에 가까운 비공기에 맞서 싸우면서도 한 치도 밀리고 있지 않은가.

그러나 거기까지였다.

적운비는 첫 격돌에서 이득을 보았음에도 난처한 기색이 역력했다. 비공기는 단전이 아니라 외부에서 기운을 끌어

모은다. 그러니 천하라는 마르지 않은 샘에서 끝없이 내력을 퍼 올리는 것이다.

결국 시간이 지나면 적운비의 패퇴로 상황이 종료되리라.

한데 잠시 후 멀뚱히 만안당주의 뒤를 지키던 명사의 입이 열렸다. 그러나 그의 목소리는 나이와 어울리지 않게 굵고, 거칠었다.

"계획대로 진행할 준비를 하라."

호위의 말투가 아니었다.

만안당주는 놀란 기색 없이 공손한 어조로 대꾸했다. 그의 존댓말을 들을 수 있는 존재는 천괴가 유일했다.

"오확이 질 것이라 보십니까?"

천괴는 이미 명객을 그릇삼아 전장을 살피고 있었다. 그 증거로 명사의 눈빛은 천괴의 그것과 크게 다르지 않았다.

"오확이 우세한 듯보이지만 괴공은 전력을 다하고 있지 않다. 아니 저 정도가 전력이라면 애초에 이런 계획조차 불필요했겠지."

목소리에 담긴 살기만으로도 전신에 소름이 돋는다.

만안당주의 울대가 꿀렁거렸다.

천괴는 날이 갈수록 능숙하게 명객을 장악했다. 지금은 오감을 빌려올 뿐이지만, 시간이 조금만 더 흐른다면 매순간 마음먹은 대로 육신을 교체하는 경지에 오를 것이 분명했다.

'인간이 아니야.'

하나 속내와는 달리 공손한 어조가 이어졌다.

"언제 움직이면 되겠습니까?"

그 순간 적운비와 오확의 격전지에서 회오리바람이 일어났다. 그리고 그것은 하늘을 꿰뚫을 것처럼 빠르게 솟구치며 주변의 모든 것을 빨아들였다.

'오확이 비공기를 이 정도나 운용할 수 있었던가?'

명사의 입에서 나직한 한 마디가 흘러나왔다.

"사도련을 장악해라."

* * *

오확은 날파리처럼 자신의 주변을 맴도는 적운비를 향해 연이어 쌍장을 내갈겼다.

콰콰콰콰쾅!

비공기가 폭발할 때마다 공간이 일그러진다.

절대지경에 발을 들인 고수만이 목격할 수 있는 묘한 광경이었다.

하나 오확의 얼굴에는 감격보다 짜증이 가득했다.

지금까지 그가 소모한 비공기의 양 만해도 암객 수십여 명을 만들어 낼 수 있을 정도였다.

'크흑! 저 벌레 같은 새끼!'

콰콰콰콰쾅!

다시 한 번 오확의 비공기가 공간을 두들겼다.

그가 보는 하늘은 흉측할 정도로 구멍이 숭숭 나 있었다. 비공기로 인해 오염된 공간 너머에서 음습한 기운이 일렁인다. 하나 오확은 자신의 무위에 감탄할 여유조차 없었다.

'좀 맞아라!'

하나 적운비는 이번에도 아슬아슬하게 비공기를 비껴간다.

밖에서 보는 자들은 쉴 새 없이 몰아치는 자신의 공세를 보고 우열을 가릴 것이다. 하나 이렇게 시간이 흐른다면 비공기를 무한하게 운용할 수 있는 오확이 먼저 지칠 지경이었다.

오확은 아직 천괴의 경지에 이르지 못했다.

천괴처럼 호흡을 하듯 비공기를 사용할 수는 있지만, 시간의 제약이 있는 것이다.

바로 육신의 한계였다.

'내가 지치기를 기다리는 것인가?'

하지만 오확은 크게 개의치 않았다. 육신에 무리가 갈 정도라면 잠시 쉬어도 무방했다. 아직 자신에게는 수천에 달하는 수하들이 있지 않은가. 자신이 쉬는 동안 수하들은 적운비의 손과 발을 묶어 놓을 것이다.

적운비가 도망친다면 그것도 그리 나쁜 결과는 아니다. 수하들은 천룡맹을 향해 진격할 것이고, 자신은 지친 몸을 회복할 시간을 벌 수 있기 때문이다.

오확의 육신은 하루가 다르게 비공기와 동화된다.

다음에 다시 만난다면 적운비는 결코 두려운 적이 아니리라.

오확은 분노를 담아 외쳤다.

"그러니 지금 처맞고 뒈져라!"

하나 적운비는 시선조차 마주치지 않은 채 비공기를 피하는데 전념했다.

콰콰콰콰쾅!

공간이 찢어질 것처럼 요동을 쳤다.

지금까지와 똑같은 수순이다.

그러나 오확의 기감은 연방 경종(警鐘)을 울려 댔다.

다르다. 놈이 움직이기 시작한다.

비공기를 피하는 행위 자체는 같지만, 어딘가 모르게 기의 흐름 자체가 변화했다.

"생각만큼 멍청하지는 않구나?"

오확은 귓가에 흘러들어온 선명한 목소리에 눈을 부릅떴다.

목소리의 주인공을 찾아 고개를 들었다.

적운비가 입꼬리를 올린 채 자신을 내려다보고 있었다.

자존심이 상한 것보다 놈의 의도가 궁금했다.

파파파팟!

지금까지 무당의 보법인 제운종을 자랑하듯 이리 뛰고, 저리 뛰던 놈이 일직선으로 내리꽂힌다. 허공을 연이어 박차며 쇄도한 탓에 그야말로 공간을 접듯이 이동한다.

오확은 전면에 비공기로 벽을 쌓았다.

그리고 비공기가 깨졌을 때를 대비해 무수한 비공기를 주변에 뭉쳐두었다. 이 모든 것이 한 호흡에 이뤄졌으니 오확의 무위 또한 극에 달한 것은 분명했다.

"오라!"

적운비는 비공기의 벽을 직접적으로 두들기지 않았다. 되려 오확의 전면에 두 다리로 내려앉았다. 엄청난 충돌음과 함께 대지로부터 전해지는 반탄력이 두 다리를 타고 올랐다.

"후우……."

적운비는 한 호흡에 전신으로 흐트러지던 반탄력을 수습한 후 양손으로 커다란 원을 그렸다.

혜검의 첫 초식, 건곤와규령은 한순간에 완성됐다.

그러고는 자연이 전해 준 반탄력을 건곤와규령에 담아 전방으로 내질렀다.

콰콰콰콰콰콰콰콰콰쾅!

비공기의 벽은 한순간에 산산조각이 났다.

아니 자연지기가 폭풍처럼 몰아붙인 탓에 흔적도 남기지 않고 정화된 것이다.

건곤와규령은 비공기의 벽을 깬 것에 그치지 않았다. 혜검의 기운이 여세를 몰아 오확의 전면에 뭉쳐들었던 비공기까지 가루로 만들어 버렸다.

"크읍!"

오확은 뒤늦게 다시 한 번 비공기를 끌어올렸지만, 한 번 시작된 자연지기는 파도처럼 끊임없이 그의 전신을 두들겼다.

소리 없는 폭발!

오확은 상체가 흔들리는 것을 시작으로 주춤주춤 물러서기 시작했다.

한 걸음 한 걸음 밀려날 때마다 자존심이 뭉개졌다.

촤라라락!

오확은 고통과 분노 속에서도 경악을 금치 못했다.

건곤와규령이 전방을 두들기는 사이 보이지 않는 바람이

팔다리로 뭉쳐들었기 때문이다.

마치 천괴의 금선강기처럼 뭉쳐든 기운은 오확의 팔다리를 옭아매기 시작했다.

"헉! 이, 이게 무슨 짓이냐?"

적운비는 여전히 양손을 휘돌리며 태극을 그려냈다.

그로 인해 건곤와규령은 끝없이 오확을 밀어붙였다. 한데 적운비가 움직이는 것은 양손만이 아니었다. 그의 손가락 또한 쉼 없이 꿈틀거린다. 자세히 살펴보면 오확을 옭아맨 빛줄기를 조율하고 있었다.

적운비의 미소가 짙어질수록 오확의 얼굴은 일그러졌다. 그렇게 세 호흡도 지나지 않아 오확은 팔다리의 통제권을 잃었다.

"크흑!"

적운비는 오확의 비공기가 사방에 가득했지만, 개의치 않고 다가섰다. 그러고는 혜검의 기운을 면장에 담아 휘돌렸다.

두두둥―

오확의 아랫배가 출렁거리는 순간 혜검의 기운은 그의 전신 혈맥에 꽂혀 들었다.

"끄어어어어어!"

평범한 내가중수법에 당한 것치고 고통의 감도는 상상을

초월했다. 비공기와 상극인 혜검의 기운이기에 오확은 찰나간 삶과 죽음의 경계를 몇 번이나 오가야 했다.

그 이후로는 일사천리였다.

적운비는 오확의 팔다리를 묶은 기운을 잡아당기더니 전방으로 튀어나갔다.

“크흑! 내 수하들이 가만있을 성싶으냐?”

오확은 유일하게 움직일 수 있는 입을 놀리며 적운비를 윽박질렀다. 하나 적운비는 보보마다 사도련 무인들과 거리를 벌리며 입꼬리를 올렸다.

“너부터 없애고 저것들은 천천히 처리하면 되지!”

오확은 한순간에 백여 장이나 멀어진 수하들을 보며 침음을 삼켰다. 워낙 갑작스럽게 일어난 일이기에 수하들은 어리둥절한 표정을 짓고 있었다.

수천의 수하들 앞에서 수장이 끌려가는 웃지 못할 상황이 벌어진 것이다.

무림사에 전무후무한 일이 분명했다.

“주, 주군을 도와라!”

“쫓아라!”

사도련의 무인들이 뒤늦게 적운비를 쫓으려 했다. 하나 그들은 제대로 속도도 내지 못한 채 주춤거리며 멈춰 서야 했다.

적운비가 향하는 방향, 즉 사도련이 진군했던 방향에서 구름같이 먼지구름이 일어난 것이다.

그리고 이내 정파인으로 보이는 수십 명의 무인들이 경공을 펼치며 구릉 너머에서 솟구쳤다. 일견하기에도 절정을 넘어선 자들이 분명했다.

"지원군?"

사도십단의 단주들은 서로를 쳐다보며 당황스러워했다. 먼지구름의 양으로 보았을 때 적의 규모는 일천 이상일 터였다.

그들이 망설이는 사이 무리에서 튕기듯 나아간 그림자가 있었다.

만안당주의 곁을 지키던 명사였다.

쇄아아아아아악—

명사가 지나칠 때마다 자연지기가 변질되며 엄청난 비공기가 생성됐다.

적운비는 비공기의 접근을 인지하는 순간 눈을 부릅 떴다.

'천괴가 나타난 건가?'

* * *

좌도칠대와 사도십단의 수뇌는 일제히 만안당주를 쳐다봤다. 만안당주에서 오확의 사형으로 신분을 상승시킨 존재가 아니던가.

그라면 무언가 수를 내줄 것이라 믿은 게다.

만안당주는 자신에게 몰린 시선을 자연스럽게 받아들이며 말했다.

"얼토당토않은 일이 벌어졌군. 역시 괴공이야!"

"당주, 어찌하면 되겠습니까?"

"사도련은 일직선으로 천룡맹의 영역을 파고들었네. 기습으로 인한 이점을 살린 최적의 전략이지. 하지만 이 작전은 단점 또한 극명해. 진격 속도가 늦춰지는 순간 배후에서 규합된 적으로 인해 앞뒤로 갇히게 되는 것이지."

단주들은 침음을 흘렸다.

적운비는 호연평이 아니라 자신들이 점령했던 곳으로 이동했다. 그리고 때마침 그곳에서 적들이 나타나지 않았는가.

만안당주는 좌도칠대와 사도십단의 수장들에게 확신하듯 말했다.

"괴공이 이처럼 무리한 작전을 실행한 까닭은 비단 사분오열됐던 정파인들을 믿어서가 아닐세."

단주 중 눈치가 빠른 자가 불안해하며 물었다.

"설마 천룡맹이?"

만안당주는 고개를 끄덕였다.

"천룡맹의 당대 맹주는 어리고, 경험이 적지만 무시할 수가 없네. 짧은 시간에 천룡맹 전체를 장악하여 한 몸처럼 만들었거든. 또한 전임 맹주는 패악을 저질러 쫓겨났다지만, 그 능력만은 당대 맹주보다 윗줄이었네."

단주들과 대주들은 서로를 쳐다보며 불안해했다.

"클클, 사안당은 천룡맹의 지원군이 내일쯤 도착하는 것으로 파악했더군."

"설마?"

만안당주는 은근슬쩍 말을 이었다.

"괴공이 나타났어. 북방 연왕부에 있어야 할 그가 이곳에 나타난 걸세. 그렇다면 지원군 또한 오지 못하란 법이 없지. 오히려 괴공과 발을 맞춰 진격했다고 보는 것이 타당하지 않겠는가?"

만안당주의 화술은 신의 경지에 오른 듯했다.

이제 대주와 단주뿐 아니라 이름 있는 사파인들까지 만안당주의 말에 귀를 기울였다.

"그리고 자네들은 모르겠지만, 사도련을 주축으로 정사대전을 벌인 까닭은 황궁의 묵인이 있었기 때문일세. 바로 련주의 사형이 황궁을 휘어잡고 있었거든. 한데 괴공이 이곳에 나타났으니…….”

만안당주는 일부러 말끝을 흐렸다.

하나 대주와 단주들은 동시에 같은 생각을 떠올렸다.

‘어쩐지 관부의 개입이 없더라니…… 그렇다면 련주의 사형이라는 자가 당했다면 다시 관부가 개입할 수도 있는 노릇이 아닌가?’

위험하다.

본래 관부와 사파의 사이는 견원지간보다 심했다.

게다가 이곳은 사도련의 영역이 아니라 천룡맹의 영역이 아닌가.

“어, 어찌하면 되겠습니까?”

사도십단 중 가장 큰 세력을 이끄는 만마단주가 하얗게 질린 채 물었다.

“흐음, 내게 의견이 있기는 하나 자네들이 따라줄지 모르겠군.”

삽시간에 단주와 대주들이 만안당주를 둘러쌌다.

“뭡니까? 들어나 봅시다!”

만안당주는 목소리를 낮춘 채 나직이 말했다.

“지금이라도 당장 퇴각해야 하네.”

단주와 대주들은 눈을 휘둥그레 떴다.

아무리 사파 출신이라고 해도 련주를 버리고 도망친다는

것은 상상하기 어려웠다.

하나 만안당주의 한 마디에 단주와 대주들의 낯빛이 변했다.

"만약 괴공이 련주를 빌미로 자결이라도 명하면 자네들은 어찌할 생각인가? 아니 해산이라도 하라고 하면 그리할 생각인가?"

단주와 대주들은 꿀 먹은 벙어리처럼 입을 닫았다.

사파의 무인들에게 혈마교도와 같은 충성심을 바라기란 애초부터 불가능한 일이었다.

만안당주는 그들에게 면죄부를 주었다.

"사파의 미래를 생각하게. 아니 지금 당장 곁에 있는 수하들을 생각하게!"

그 후로는 일사천리였다.

만마단주를 중심으로 사도십단과 좌도칠대는 빠르게 퇴각을 준비했다.

'허장성세에 당해 주는 것도 그리 쉬운 일은 아니로군. 어쨌든 오확만 불쌍하게 되었어. 쯧쯧.'

* * *

적운비는 명사를 확인하고 미간을 찡그렸다.

해남도에서 자신을 방해했던 명조가 자연스럽게 떠올랐다.

'명객의 숫자가 활동할 만큼 된 것인가?'

적운비는 천괴와 명객의 관계를 알지 못했다.

그러니 암객보다 강화된 수하 정도로 여길 수밖에 없었다. 명사의 첫 공세를 마주하기 전까지만 해도 말이다.

명사는 오확이 목표였는지 적운비의 손을 노렸다.

하나 적운비는 명사를 대수롭지 않게 여겼다. 예전에 명조를 상대할 때보다 몇 수는 더 강해졌기 때문이다.

쉬리릭—

적운비가 손을 내젓는 순간 소매가 휘말리며 음유한 경풍을 일으켰다. 한데 명사는 혜검의 기운을 개의치 않고 자신을 손을 밀어 넣었다.

"흡!"

적운비는 눈을 부릅떴다.

명사의 손이 자신의 경력을 자연스럽게 뚫고 들어오는 것이 아닌가. 황급히 오확을 끌어당기며 몸을 휘돌리지 않았다면 주도권을 빼앗길 뻔했을 정도였다.

'이건 또 뭐야?'

명사의 비공기는 특수했다.

무당산에서 만났던 천괴의 비공기가 이러했다.

마치 자연지기의 대척점에 존재하는 것처럼 순수하지 않았던가.

부조화가 극에 이르러 조화롭게 보일 지경이었다.

적운비는 불멸전혼대법을 떠올리며 전신을 부르르 떨었다.

"천괴?"

그 순간 무표정했던 명사의 입이 길게 찢어졌다.

"놀랐는가?"

사람의 목소리라고 하기에는 너무도 굵고, 거칠다.

마치 무저갱을 기어올라와 내뱉은 한 마디처럼 음산하기 짝이 없다.

적운비는 기묘한 목소리에서 천괴의 흔적을 느꼈다.

'대성했다고? 이런 것이 가능할 리가 없잖아.'

터터터터텅!

명사는 끊임없이 오확을 노렸다.

적운비는 혜검의 기운을 극성으로 끌어냈다.

한 손으로 면장을 흩뿌렸고, 두 다리로는 쉼 없이 제운종을 펼치며 허공을 주유했다.

명사는 간발의 차로 번번이 오확을 놓쳐야 했다.

한데 그럴수록 명사의 공격은 살기를 띤다.

오확의 목덜미를 잡아채려던 손길은 어느새 어깨와 목을

가리지 않고 꽂혀 들었다.

오확은 명객을 만안당주의 호위로 알고 있지 않은가. 그러니 오확은 중간에 끼인 채 표정을 구기며 이를 갈았다.

"이런 미친놈! 감히 나를 노리는 것이냐?"

한데 오확의 일갈이 효력을 본 것일까?

명사는 흠칫 놀라며 주춤거렸다.

적운비가 그 작은 틈을 놓칠 리 만무했다. 적운비는 오확을 뒤로 던져 버리고 양손을 모았다.

혜검의 기운이 양손으로 스며든다.

뇌신회룡포를 쏘아 명사를 가루로 만들어 버릴 요량이었다. 한 호흡에 뭉쳐든 혜검이 폭발하듯 전방으로 발출됐다.

콰콰콰쾅!

적운비는 뇌신회룡포가 명사를 휩쓰는 순간 침음을 흘렸다.

'아차!'

명객은 몸뚱이만 지녔을 뿐 속은 천괴가 아니던가.

한데 오확이 명사를 부르는 순간 스스로도 인지하지 못했을 만큼 방심해 버렸다.

적운비는 황급히 고개를 돌려 오확을 찾았다.

하나 그곳은 이미 명사가 선점한 상태였다.

명사는 오확의 정수리를 짚은 채 입술을 달싹였다.

'뭐하는 거지?'

적운비가 점혈로 막아 놓았던 오확의 비공기가 폭발하듯 사방으로 비산했다. 일전에 흑천이 폭주하던 모습과 같았다. 하지만 적운비는 오확이 아닌 명사를 향해 망설임 없이 몸을 날렸다.

이형환위와도 같은 움직임.

하지만 명사가 한 호흡 더 빠르게 오확의 정수리에서 손을 땐 채 물러섰다.

"놈!"

적운비가 양손을 교차하며 뇌신회룡포를 쏘아 냈다. 삽시간에 여덟 개의 강기가 명사를 노렸다.

콰콰콰콰콰쾅!

결과적으로 놈은 움직이지 않았다.

움직인 것은 허공에 흐트러진 비공기였다.

자연지기를 좀먹고 세상을 병들게 만들었어야 할 비공기가 명사를 지키기 위해 움직인 것이다.

"맙소사!"

외부로 표출된 비공기를 수습할 수 있는 존재.

오직 천괴만이 가능하지 않던가.

적운비의 예상처럼 허공에 안개처럼 흩어져 있던 비공기가 명사를 향해 뭉쳐들었다. 그러고는 시간을 거꾸로 돌리는 것처럼 흡수하는 것이 아닌가.

'점점 천괴화 되고 있다!'

쇄아아아아—

비공기가 반으로 갈라지며 명사가 모습을 드러냈다.

그의 눈빛은 구궁무저관에서 만났던 천괴의 것과 동일했다.

"나는 지금부터 비공기를 흡수할 것이야."

나직한 천괴의 목소리.

적운비는 코웃음을 쳤다.

"후훗, 그러셔? 그런데 어쩌나. 나는 그걸 기다려 줄 정도로 넋 나간 놈이 아니거든?"

명사의 입꼬리가 기이하게 비틀어졌다.

"십 리 정도인가?"

"무슨 소리야?"

"지금 먼지구름을 몰고 오는 놈들, 천룡맹의 선발대가 아닌가. 선발대와의 거리가 십 리 정도다."

적운비는 미간을 찡그렸다.

명사의 말마따나 사도련의 배후에서 먼지구름을 일으킨 것은 단도제가 이끄는 천룡맹의 선발대였다.

하나 선발대와 자신의 거리는 이백여 장에 불과했다.

"쓸데없는 소리로 현혹하려 하지 마라."

적운비의 비아냥거림에도 명사는 미소를 잃지 않았다.

"이놈과 같은 녀석이 선발대의 뒤를 쫓고 있다. 그 거리가 십 리, 우리가 대화를 나누는 와중에도 그 거리를 점점 좁혀지지. 네가 나를 상대하는 동안 그놈은 선발대를 모두 죽일 것이야. 그리고 그 녀석은 그 후 눈에 보이는 대로 살육하고, 파괴하겠지. 어때? 막으러 가야겠다는 생각이 들지 않느냐?"

어차피 적운비에게는 선택의 여지가 없었다.

만약 천괴가 완벽하게 강림했다면 망설였을 수도 있다. 하지만 명사는 영혼을 빼앗긴 꼭두각시에 불과했다. 그 증거는 천괴를 휘감고 있던 금선강기였다.

놈의 주변에는 금선강기가 없다.

금선강기가 없는 이상 명사는 진체가 아니다.

그러니 여기서 명사를 처치한다고 해도 얻는 것은 오확의 비공기 뿐이다.

"왜 사도련주에게 이런 짓을 한 거지? 그래도 네 제자였잖아."

명사는 어깨를 으쓱거렸다.

"준 것을 되돌려 받는 것뿐이야."

"너라면 오확에게 준 기운을 회복하는 것은 식은 죽 먹기잖아. 뭐하러 이런 짓을 벌인 거야?"

"클클, 나이를 먹으면 본래 내 것이 아까워지는 법이란다."

적운비는 나직이 침음을 흘렸다.

"선발대를 쫓아간 명사까지 이곳으로 불러 나를 상대하는 것이 이득일 텐데?"

명사가 입이 풀렸는지 말을 덧붙였다.

"크큭! 세상 모든 재앙을 홀로 해결한다 하지 않았더냐? 나는 네 확신이 물거품처럼 사라지는 모습을 지켜볼 생각이다. 그러니 너는 어서 가서 사람들이나 구하려무나."

적운비는 조롱을 받으면서도 침음을 이어갔다.

그는 명사의 눈빛을 마주한 채 아랫입술을 잘근잘끈 씹었다.

'이상해, 아주 이상해. 내가 놓친 것이 있어. 뭐지?'

명사는 적운비의 모습을 보고 고민하는 것이라 여겼나 보다.

"곧 만나겠군."

적운비는 명사를 흘겨보며 물었다.

"쓸데없는 장난질은 집어치우자. 내가 물러나겠다. 그러니 너는 선발대로 향한 명객을 불러들여."

명사는 어깨를 으쓱거렸다. 그러자 주변을 휘감고 있던 비공가 출렁거리며 호응을 한다.

"그래, 그렇게 해 주마. 얼마 남지 않은 시간 동안 열심히 바동거려 보거라."

적운비의 눈빛이 찰나간 번뜩였다.

'저 새끼! 분명 뭔가가 있다.'

그러나 이내 표정을 수습하며 돌아섰다.

"약속은 지켜라!"

적운비는 그 말을 남긴 채 땅바닥에 널브러져 있는 오확의 목덜미를 낚아챘다. 그러고는 경공을 펼치며 빠르게 사라졌다.

한참의 시간이 지난 후 만안당주가 찾아왔다.

명객은 이미 오확에게서 회수한 비공기를 모두 흡수한 후였다.

"약속한 시간이 지났습니다. 무슨 일이라도 있으셨던 겁니까?"

명사, 아니 천괴는 적운비가 사라진 방향을 노려보며 입매를 비틀었다.

'눈치를 챈 건가? 흥! 하지만 그렇다고 해서 놈이 할 수 있는 것은 없지. 천하의 흐름은 이미 격류가 되어 내 뜻을 따르고 있지 않은가!'

만안당주는 명사가 돌아선 후에야 조심스럽게 입을 열었

다.

"사도련은 모두 수습하여 괴곡으로 보냈습니다."

"한 놈이라도 빠져나가면 안 된다."

"미령혼무를 접하는 순간 그 누구도 괴곡을 빠져나오지 못할 것입니다."

괴곡(怪谷), 그리고 미령혼무(迷靈混霧).

이것은 천괴가 짜놓은 커다란 판의 핵심이 될 요소였다.

"좋아. 이제 강남으로 가거라. 명조가 너를 기다리고 있을 것이다."

명사 다음에는 명조(皿早)다.

하지만 달라지는 것은 없을 터였다.

만안당주는 일말의 대꾸 없이 고개를 조아린 후 남쪽으로 발길을 돌렸다.

第七章

사태천(四太天)의 붕괴

적운비는 고깃덩이를 내팽개치듯 오확을 내던졌다.

매화검군은 오확을 확인하는 순간 귀신이라도 본 것처럼 눈을 부릅떴다.

"사, 사도련주?"

"저자가 진정 사도련주라는 말입니까?"

매화검군의 말에 각대의 대주들은 놀람을 금치 못했다. 단도제가 무미건조한 말투로 매화검군의 말에 동의했다.

"맞습니다. 사도련주입니다."

사도련주는 천룡맹의 주적이자, 강호의 평화를 깨트린 악적이다. 하나 대주들은 갑작스러운 상황에 쉬이 진정하지 못했다. 그도 그럴 것이 사태천 중 한곳인 사도련의 수장이 아닌가. 그런 자를 이렇게 마주할 줄은 생각지도 못했던 것이다.

적운비는 단도제를 향해 물었다.

"처리는 네게 맡기마."

매화검군을 비롯한 대주들이 정색하며 나섰다.

"그게 무슨 소리인가?"

"불가! 사도련주의 처리는 천룡맹 차원에서 결정될 일일세!"

하나 적운비와 시선을 마주한 후 모두 꿀 먹은 벙어리가 되었다. 눈빛에서 느껴지는 기세가 호연평의 기억을 일깨웠기 때문이다.

결국 배분이 가장 높은 매화검군이 나섰다.

그러나 그의 어투는 조심스러울 수밖에 없었다. 어찌 됐든 그 역시 천룡맹의 일원은 아니었기 때문이다.

"괴공, 이유라도 전하는 것이 옳지 않겠습니까?"

적운비는 명사의 육체를 뒤집어쓴 천괴에게 휘둘리다가 돌아온 길이다. 그렇기에 분노와 무력감, 의문과 후회로 인한 감정이 격해진 상태였다.

하나 애꿎은 이들에게 화풀이를 이어갈 수는 없는 노릇이었다.

"오확을 인질로 잡자, 사도련은 미련 없이 패퇴했습니다. 지금쯤 저들의 본거지로 돌아가느라 여념이 없겠지요."

매화검군은 침음을 흘렸다.

적운비의 말대로라면 사도련에서 오확의 인질 가치는 전무하다고 할 수 있었다.

"아무리 사파라지만, 주인을 버리고 도망가다니!"

매화검군을 비롯한 대주들은 혼절한 오확을 보며 혀를 찼다.

적운비는 나직이 말을 이었다.

"단어의 사용이 불편하셨다면 달리 말하지요. 오확은 제가 잡았으니 제가 처리하겠습니다."

이쯤 되면 더 이상 반박하기도 어려웠다.

매화검군과 대주들은 선발대의 무인들을 수습하러 떠났고, 두 사람만이 남게 되었다.

"나한테는 천룡맹보다 단도제가 더 중요하다. 왜 그리 말씀하시 못하십니까?"

단도제의 말에 적운비는 어깨를 으쓱거렸다.

"어른답게 살기로 했거든. 그나저나 농을 하는 걸 보니 제정신으로 돌아온 것 같구나."

이번에는 단도제도 어깨를 으쓱거렸다.

"원래 제정신이었습니다."

적운비는 입꼬리를 올리다가 오확을 향해 지풍을 날렸다.

"끄으……."

오확은 머리를 부여잡고 신음을 내뱉었다.

그리고 금제가 풀린 것을 확인하자마자 허공으로 몸을 띄우려 했다. 하나 그는 일장도 뛰어오르지 못한 채 꼬꾸라졌다.

"어! 어! 이게 어떻게 된 일이야?"

오확은 적운비와 단도제를 두리번거리며 전신을 부르르 떨었다.

"천괴가 당신의 비공기를 회수했어. 비공기로 전환된 당신의 본래 내공까지 사라졌지. 속이 텅 비어 버린 기분이 어떠신가?"

적운비의 말을 듣고서야 명사를 떠올렸나 보다.

오확은 비명을 지르며 땅바닥을 굴렀다.

"쏴라. 지금이라면 오기린의 복수를 할 수 있다."

적운비의 말에 단도제는 팔목을 만지작거렸다. 하나 끝끝내 출수하지 못했고, 한숨을 내쉬며 돌아섰다.

"됐습니다."

적운비는 빙긋 웃더니 다시 한 번 오확을 잠재웠다.

만약 단도제가 오확을 죽이고 홀가분해했다면 오히려 실망했을 것이다. 한데 단도제는 결국 오확을 살려 활용가치를 찾고자 한 게다.

그것은 곧 오기린과의 인연이 완전하게 끊어졌음을 의미했다.

선발대의 대주들은 적운비가 오확을 넘기자 기쁨을 감추지 못했다. 사도련주를 생포했으니 대공을 세운 것이나 다름없었다. 적운비와 단도제가 공적부의 윗자리를 차지하겠지만, 사도련주라면 대주들도 큰 상을 받으리라.

반면 적운비의 표정은 그리 좋지 않았다.

'껍데기만 잡아 왔으니 결국 달라진 것은 없는 건가.'

무엇보다 명객의 숫자를 파악하는 것이 급선무였다.

천괴가 명객의 몸을 빌려 본격적으로 활동한다면 그 피해는 무궁무진할 것이 분명했다.

'방법을 찾아야 해. 방법을…….'

적운비는 명사와의 대화를 떠올리다가 다시 한 번 진저리를 쳤다. 만약 또 다른 명객이 선발대를 쳤다면, 그리고 그 후 살육을 자행했을 것이라 생각하는 것만으로도 머리가 지끈거렸다.

'나 혼자 감당할 수 없다.'

강호의 무인 중 명객을 상대로 승리를 장담할 수 있는 자가 몇이나 되겠는가.

화산쌍선이나 검총주, 벽천진인 정도가 아닐까싶다.

하나 천괴가 함께하고 있다면 적운비 역시 우열을 장담할 수 없었다.

대책을 강구해야 했다.

적운비가 익힌 무공의 근간은 무당파였다.

그러니 명객을 상대할 방도는 무당에서 찾아야 할 것이다.

"후발대가 반 시진 거리에 있네. 단 공자가 전서구를 빨리 띄운 탓에 거리가 상당히 좁혀졌어."

적운비가 생각에 잠겨 있던 사이 선발대는 돌아갈 차비를 끝냈나 보다.

"합류하죠!"

후발대가 이처럼 빠르게 합류할 수 있었던 이유는 이미 구성이 완료됐기 때문이다. 본래 패천성을 도와 무림도독부의 배후를 치기 위한 부대가 아니던가.

그들을 통해 북방의 정세를 확인해야 했다.

한데 얼마 지나지 않아 선발대는 천여 명에 육박하는 대규모 부대를 마주하게 되었다.

"무사하셨구려?"

후발대에서 초로의 무인이 경공을 펼치며 달려 나왔다. 그는 매화검군의 손을 맞잡고 환하게 웃으며 기쁨을 감추지 못했다.

매화검군이 노인을 이끌고 다가왔다.

“천룡맹의 외단주이신 유찬여 유 대협이시네.”

적운비는 눈을 동그랗게 뜨며 포권을 했다.

“정무진검의 위명은 멀리서나마 항상 새겨듣고 있었습니다. 말학 후배 적운비가 인사드립니다.”

유찬여는 사람 좋은 웃음을 지으며 손을 내저었다.

“천룡맹, 아니 강호에서 으뜸이라는 괴공께서 과찬의 말을 하시는구려.”

“말씀을 낮춰주십시오.”

“아니외다. 무당의 천위는 어린 시절부터 경외하던 자리였소이다. 그 천위가 당대에 강림하였으니 강호인의 한 사람으로서 기쁘기 그지없구려.”

적운비는 멋쩍은 미소를 지었다.

정무진검 유찬여는 천룡맹의 오랜 중진이지만, 일선에 나서는 일이 드물었다. 그저 남방외단주의 직무인 혈마교의 준동을 평생 동안 감시하며 보내왔다.

혹자는 그를 가리켜 옛날 사람이라하여 고리타분하다고 평하지만, 협명과 인품에는 이견이 없을 정도로 훌륭한 무인이었다.

"혹시 북방의 소식을 아십니까?"

유찬여는 고개를 끄덕인 후 품에서 서찰을 꺼냈다.

"그러지 않아도 문상이 전해 준 서찰이 있소이다."

적운비는 황급히 서찰을 펼쳤다.

복쌍선, 출소림, 궁내홍. 교착.

제갈소소의 서찰은 짤막했지만 모든 내용을 담고 있었다. 첫 줄은 패천성의 상황을 전한 것으로 쌍선이 회복했고, 소림이 하산했을 뜻했다. 또한 황궁이 내홍을 겪으며 전황은 지지부진함을 드러낸다.

적운비는 입꼬리를 올렸다.

그러나 이내 미간을 찡그리며 고개를 갸웃거렸다.

'혈마교의 동태가 심상치 않아.'

천괴는 자신을 상대로 존재감을 드러내는 것이 목표일 터였다. 그렇다면 혈마교와 사도련이 동시에 공세를 취했어야 마땅했다.

'왜 움직이지 않은 거지?'

지난날 혈마교주의 반대파라고 할 수 있는 마맥주 마태룡과의 일이 떠올랐다. 그에게 교주의 정체와 비공기의 존재를 알렸다. 그로 인해 혈맥과 마맥이 대치하기를 원했던 것이다.

그러나 마태룡이 혈마교를 막고 있다고 보기에는 무리가 있었다. 어찌 됐든 혈마교는 사태천 중 최강이라 손꼽히는 세력이 아닌가. 아닌 말로 혈마교의 힘은 천룡맹과 마맥을 동시에 상대하는 것이 가능할 정도였다. 그런 혈마교가 움직이지 않는 데에는 분명 이유가 있으리라.

하나 그 이유를 알기란 참으로 어려운 일이었다.

제아무리 하오문이라고 해도 혈마교의 영역에서 정보를 수집하기란 불가능했다. 그리고 단도제 역시 사도련이라면 모를까 혈마교에는 인맥이 없지 않은가.

제갈가의 자매들 또한 마찬가지일 테니 떠오르는 사람은 한 명뿐이었다.

'무당파로 돌아가자.'

무림도독부로 향하던 후발대는 사도련 쪽으로 방향을 선회했다. 제갈소소는 그럼에도 불구하고 통문을 돌려 무인들을 집결시킨다고 하지 않았던가. 그 말은 곧 천룡맹 남부를 지키던 무인들의 규합을 의미했다.

그것은 오직 해남파가 도착해야만 가능한 일일 터였다.

한데 천룡맹 남부에서 해남파를 맞이할 거대문파는 무당이 유일했다. 그러니 해남파의 존장들은 무당에 기거할 것이다. 그리고 그곳에 혈인 또한 함께하고 있을 터였다.

'쯧! 녀석이 기고만장해하겠군.'

이튿날 적운비와 단도제는 무당산 초입에 도착했다. 단도제는 축축하게 젖은 머리카락을 쓸어 올리며 혀를 내둘렀다.

"후아…… 새가 된 기분이 이런 거였나요?"

"그렇게 좋았어?"

적운비의 말에 단도제는 눈을 휘둥그레 떴다.

허공에서 풍광구경을 하는 것도 잠시였다.

어느 순간부터 온 세상이 하나의 색으로 합쳐졌고, 시간과 공간에 대한 구분이 사라졌다.

단도제는 적운비의 품에 안겨 있었을 때를 떠올리며 진저리를 쳤다.

"반 각 정도만 좋았어요. 그 후는 기억하기도 싫군요. 그나저나 명객에 대한 대비책은 만드셨나요?"

적운비는 단도제를 안고 단순하게 이동한 것이 아니었다. 천괴와 만났을 때는 물론이고, 명수라와 오확을 접했을 때의 모든 정보를 전했다. 그 안에는 물론 명객에 대한 정보도 함께였다.

"네 생각은 어때?"

단도제는 어깨를 으쓱거렸다.

"천괴처럼 되지 않는 이상 한 손으로 열 개의 검을 막기란 불가능해요."

"그래서?"

적운비의 반문에 단도제는 눈을 가늘게 떴다.

"입꼬리가 슬슬 올라가는 것을 보니 저와 같은 것을 떠올리셨군요."

"얘기해 봐."

"이거 무슨 숙제 검사 받는 기분인 걸요?"

"약속은 잊지 말라고. 너는 이제 오롯이 무당의 것이니까."

단도제는 적운비의 으름장에 혀를 차며 말을 이었다.

"한 손으로 막지 못하면, 두 손으로 막아야지요. 그래도 안 된다면……."

적운비는 단도제가 말끝을 흐리자 어쩔 수 없다는 표정을 지으며 말했다.

"남의 손이라도 빌려와야겠지."

"정답입니다!"

단도제는 손을 번쩍 들며 즐거워했다. 하나 이내 고개를 갸웃거리며 물었다.

"그런데 누구 손을 빌려오시려고요?"

적운비는 나직하게 한 마디를 흘렸다.

"무당삼청."

단도제는 눈을 휘둥그레 떴다.

무당삼청은 무당파의 전대 장문인과 무당제일검, 그리고 현현전주를 뜻한다.

"그 세 분은 면벽에 들어가신 것으로 알고 있는데요?"

"깨울 거야."

"어떻게요?"

적운비는 빙긋 웃으며 자신을 가리켰다.

"나 천위잖아."

* * *

벽공진인은 나직이 침음을 흘렸다.

아무리 천위의 말이라지만 면벽수련에 들어간 사형과 사제를 불러들이는 것에는 망설이지 않을 수가 없었다.

"사도련주를 잡았고, 무림도독부는 진퇴양난에 빠졌다. 이제 천룡맹의 주적은 혈마교밖에 남지 않은 셈이다. 한데 천룡맹은 전력을 보존했으니 혈마교와 자웅을 겨루기에 부족함이 없다. 그럼에도 불구하고 면벽을 끝내야 한다는 것이냐?"

적운비는 단호했다.

"네."

"너 역시 면벽의 의미를 충분히 알고 있을 게다. 한데 그럼에도 불구하고?"

"네."

"천위의 이름으로……."

"불가피하다면 송구스럽게도 그래야만 합니다."

벽공진인은 눈을 지그시 감고 침음을 흘렸다.

사사로이는 사손의 말이었지만, 천위가 되었으니 흘려들을 수가 없었다. 게다가 그가 아는 적운비라면 결코 빈 말을 할 성격도 아니었다.

"사도련의 현재 상태는 표류하는 배와 같습니다. 오확의 성격 상 후계자를 키웠을 리 만무하니 조만간 사도련 내에서도 칼바람이 불겠지요. 만약 혈마교가 제정신이라면 천룡맹을 쳐서 정마대전을 일으키기보다는 사도련을 공격하여 영역을 넓히는 것이 훨씬 손쉬운 일입니다."

"하지만 혈마교주는 그리하지 않을 것이다?"

"천괴가 있는 이상 혈마교주의 뜻이 어디에 있든 결국은 정마대전을 일으켜야 할 것입니다."

벽공진인은 다시 한 번 침음을 흘렸다.

"네 뜻은 공감한다. 한데 벌써부터 삼청을 전면에 내세워야 할 이유라도 있더냐?"

적운비는 표정을 굳힌 채 나직이 한 마디를 흘렸다.

"혜검은 시작과 끝이 없어 원이 되고, 원을 나타내는 가장 큰 뜻인 태극으로 발현됩니다."

"그렇지."

"그 묘리 중 진법으로 운용할 만한 것이 있으니 무당의 제자들을 상대로 시험해 보고 싶습니다."

벽공진인의 두 눈은 진법이라는 말에 기광을 번뜩였다.

"장문인에게 다녀오마."

적운비는 현현전을 나와 무당파의 경내를 거닐었다.

그런 그의 앞에 진예화가 슬며시 모습을 드러냈다.

적운비는 걸었고, 진예화는 말없이 그 옆을 따랐다.

"사도련주를 잡았다며?"

"응."

"무당산까지 소문이 쫙 퍼졌어."

적운비는 입꼬리를 올렸다.

"신이 의도적으로 소문을 퍼트렸나 보네."

"맹주가?"

"신과 나의 사이가 죽마고우처럼 포장되어 있잖아. 내 위상이 올라가면 신의 위상 또한 더불어 올라가지. 그러니 대단하게 생각할 것 없어."

진예화는 옅은 미소를 지으며 고개를 숙였다.

'이게 대단하지 않을 정도구나.'

적운비는 남궁신의 공작 때문이라 여겼지만, 강호에 퍼지는 풍문은 진예화가 말한 정도가 아니었다.

혹자는 적운비를 후기지수가 아니라 무림에서 으뜸으로 칭했다. 그리고 향후 십 년 안에 천하제일을 거론하는 자도 있었다.

진예화에게 있어서는 그와의 거리가 하늘과 땅 차이만큼 벌어진 기분이다.

"녀석들은 어때?"

적운비가 말하는 대상은 당연히 북두칠협이었다.

진예화는 화제전환을 반기며 대연무장이 있는 방향을 가리켰다.

"연무장에 있지. 선자께 들은 바로는 지금까지 단 하루도 쉬지 않았데. 너와 패천성에 함께 가지 못한 것을 능력 부족이라고 생각했나 봐."

적운비는 북두칠협을 떠올리며 반색했다.

벽공진인에게 건의한 무당삼청의 복귀는 시작에 불과했다. 그것을 시작으로 수십여 명의 제자들이 달라붙어야 가능한 일이었다. 그러니 내심 핵심 구성원으로 여겼던 북두칠협의 성장에는 기분이 좋을 수밖에 없었다.

적운비는 웃음을 띠며 대연무장으로 향하다 걸음을 멈춰 섰다.

"잠깐! 근데 위지혁이 보이지 않네? 그 녀석이라면 내가 왔다는 얘기를 듣자마자 뛰쳐나왔을 텐데."

진예화의 표정이 어두워졌다.

"얼마 전부터 조금 이상해. 항상 인상을 쓰고, 말수도 부쩍 줄었어. 바깥출입도 뜸해지는 것이 불안한 상태 같아."

한데 적운비는 진예화의 말을 듣자마자 눈을 휘둥그레 떴다.

"녀석이 그 정도까지 왔다고?"

"그게 무슨 소리야."

진예화가 되물었으나 적운비는 이미 위지혁의 처소로 발길을 돌린 상태였다.

"아직 거기지?"

진예화는 고개를 끄덕이며 적운비를 따라 걸음을 옮겼다. 하나 몇 걸음 나아가지도 못한 채 천천히 멈춰 섰다.

눈앞에 펼쳐져 있는 뻥 뚫린 소로.

한데 마치 진법에 갇힌 것처럼 섣불리 걸음을 내디딜 수가 없었다.

'갈 수 없다.'

결국 진예화는 이번에도 돌아섰다.

그녀가 향하는 곳은 언제나 그렇듯 연무장이었다.

* * *

위지혁은 눈을 감고, 머릿속으로 원을 그렸다.

참으로 쉬운 일이다. 그러나 그 위에 또 다른 원이 겹쳐지고, 숫자가 늘어나자 머리가 지끈거리기 시작했다. 원을 그리는 것은 의도했으나, 그 후의 과정은 따라가기 바빴다. 같은 크기를 지닌 문양을 지켜보는 것은 지루한 일이었다.

하지만 위지혁은 지루할지언정 머릿속에서 끝없이 확장되는 문양에 집중했다.

벽을 넘기 위한 깨달음의 화두임을 눈치챈 것이다.

원의 문양은 그가 지금껏 익혔던 검법의 검로와 흡사했고, 지금껏 깨달았던 무리와 조금씩 융화됐다.

한데 한없이 수를 늘려가던 문양이 뭉쳐들었다.

그리고 그것은 한 방향을 향해 뻗어나갔다.

그곳에는 자신을 향해 다가오는 거대한 빛무리가 존재했다. 그리고 그 빛의 존재감은 너무도 반갑고, 익숙했다.

'적운비!'

위지혁은 적운비의 존재를 인지하는 순간 눈을 부릅떴

다. 그 순간 자신을 향해 조심스럽게 다가오는 적운비를 확인할 수 있었다.

"너였구나!"

적운비는 위지혁을 보며 멋쩍은 웃음을 보였다.

"어떻게 알았냐?"

"크큭! 네가 아무리 대단해도, 기척 정도야 눈치챌 수 있지!"

위지혁은 자신의 내공이 더욱 깊어졌음을 인지하며 으스댔다. 하나 적운비의 뒤이은 한 마디에는 미간을 찡그릴 수밖에 없었다.

"멍청이. 일각 전부터 기다렸다가 장난 좀 쳐봤더니 아주 기고만장하는구나. 그리 경망스러워서야 어디 가서 무당의 제자라고 할 수 있겠냐?"

"내가 읽은 것이 아니라 네가 보여 준 거라고?"

적운비는 히죽 웃으며 어깨를 으쓱거렸다.

"네가 원하는 쪽으로 생각해라."

위지혁은 나직이 한숨을 내쉬며 생각했다.

'저놈은 명성이 높아질수록 성격이 더러워지는 것 같아.'

"따라와."

적운비의 말에 위지혁은 입술을 삐죽였다.

"왜?"

"후회하기 전에 따라와라."

위지혁은 적운비가 처소 밖으로 나설 때까지 투덜거리는 것을 멈추지 않았다. 하나 결국 적운비를 따라 처소를 나서야 했다.

적운비는 위지혁이 따라오는 것을 확인한 후 옅은 미소를 흘렸다.

'저놈은 무위가 깊어져도 성격은 그대로군.'

성정이 가벼운 것은 못내 마음에 걸렸다.

하지만 무당제일검이라는 자리는 가벼운 성정을 개선하기에 충분한 자리가 될 것이다.

'대진의 다른 축은 네게 맡기마.'

적운비는 홀가분한 마음으로 북두칠협이 수련하고 있는 연무장으로 향했다.

소대령은 오랜만에 만난 적운비를 얼싸안고 몇 번이나 이름을 외쳤다. 모르는 사람이 보면 두 사람의 관계를 의심했을 정도로 말이다.

결국 석생이 소대령을 떼어놓은 후에야 대화를 이어갈 수 있었다.

"오늘은 여러분께 부탁하고 싶은 것이 하나 있습니다."

적운비는 석생을 배려하여 존댓말을 사용했다.

그러자 북두칠협은 애써 진지한 표정을 지으며 대꾸했다.

"괴공의 부탁이라면 혈마교주의 목이라도 따와야지요. 편히 말씀하시지요."

적운비는 빙긋 웃으며 위지혁을 턱짓으로 가리켰다.

"저 녀석과 비무하시면 됩니다."

위지혁은 연무장 구석에서 모래를 흐트러트리다가 화들짝 놀라며 말했다.

"뭐? 또 비무? 너는 어떻게 된 것이 볼 때마다 사람들 비무를 시키지 못해 안달이야!"

한데 북두칠협은 생각할 것도 없다는 듯이 흔쾌히 적운비의 청을 수락했다.

"대신 조건이 있습니다. 북두천강진을 펼치되 성휘를 사용하면 안 됩니다. 그리고 혁이는 검을 놓고 맨손으로 비무해라."

이번에도 북두칠협은 대답 대신 바로 진법의 대형을 펼쳤다. 위지혁이 말도 안 되는 소리라며 항변했지만, 결국 어깨를 축 늘어트린 채 연무장 중앙으로 나서야 했다.

"장난처럼 시작했지만, 중요한 일이니 최선을 다해 주시길 바랍니다."

북두칠협은 적운비를 향해 다시 한 번 포권을 했다.

"괴공의 뜻에 부응하도록 최선을 다하겠습니다."

"동문끼리 꼭 그럴 필요까지야…… 이봐!"

위지혁이 어색한 표정으로 손을 내젓는 사이 북두천강진이 발동됐다.

쫓고 쫓기는 비무가 이어졌다.

적운비는 비무에 집중한 채 쉴 새 없이 입술을 달싹였다. 북두칠협과 위지혁의 표정은 번갈아가며 밝아졌고, 그렇게 비무가 한 시진이나 이어졌다.

적운비로 인해 양측 모두 깨달음을 얻었지만, 그 깊이는 위지혁이 몇 배나 더 깊을 터였다.

그리고 그날 밤 무당삼청이 스스로 면벽을 해금했다. 무당삼청과 당대 장문인인 무한자, 그리고 적운비가 면벽 장소인 절벽 앞에 모였다.

"제자 적운비가 무당삼청께 죄를 고하나이다."

적운비는 무당삼청을 향해 허리를 굽혔다.

벽천자와 벽운자는 동시에 적운비를 향해 내력을 흘려 냈다. 적운비는 자신을 일으키는 부드러운 기운을 거부하지 않았다.

"일신의 명성은 버린 지 오래다. 강호를 위해서, 무당을 위해서라면 어떠한 오욕도 감내할 수 있음이야."

벽천자와 벽운자는 그간의 면벽이 헛되지 않았음을 눈빛

으로 증명했다.

스스로를 가뒀지만 면벽은 적운비가 전한 혜검의 깨달음을 살피기에 제격이었다.

"네가 우리를 불렀다면 시급을 요하는 일일 터, 허례허식은 버리고, 중점을 얘기해 다오."

벽운자의 말에 적운비는 땅바닥에 쪼그리고 앉았다.

그러고는 작은 원을 그렸다.

"밤하늘의 중심이 되는 자미성입니다. 천중이라 하지요."

이번에는 원 아래 두 개의 선을 이었다.

"음양을 뜻하는 태극으로, 보이지 않는 곳에서 자미성을 돕는 외보성과 내필성입니다."

자미성과 북두칠성 사이에 존재하는 어둠 속에 숨어 있는 두 개의 별, 흔히 보필(輔弼)이라는 단어로 사용된다.

적운비는 큰 원을 그린 후 손으로 흐트러트렸다.

"암천은 안개처럼 곳곳에 존재합니다. 하나 그로 인해 자미성은 더욱 빛이 나게 됩니다."

혜검을 깊이 연구한 무당삼청은 침음을 흘렸다.

무한자가 조심스럽게 물었다.

"짚이는 것이 있으십니까?"

벽천자가 말을 받았다.

"이것은 일원 외에 또 다른 일원을 만드는 것으로 궁구의 묘리라 할 수 있다. 한데 또 다른 일원을 하나가 아닌 여럿으로 뭉쳐 같은 효과를 내려 하는 것이지. 이것은 충분히 진법의 효용을 낼 수 있다."

벽운자가 고개를 끄덕이며 말했다.

"명객이라는 자들을 상대하기 위함이더냐?"

적운비는 고개를 끄덕였다.

"천괴는 제가 상대합니다. 쌍선과 검총주라면 어느 정도 명객을 상대할 수 있을 겁니다. 하지만 명객의 상극은 누가 뭐라 해도 본 파의 선기가 아니겠습니까. 진법으로 선기를 극대화시켜 명객을 상대하려 합니다."

무당삼청은 고개를 끄덕여 적운비의 의중에 힘을 실어 주었다.

말없이 지켜보던 벽공자는 적운비가 만들어 놓은 그림 위해 몇 개의 선을 더하고, 문양을 덧칠했다.

"이리 하면 진법의 틀이 나오겠구려."

무한자가 감탄하며 물었다.

"북두천강진처럼 본래 존재하던 것입니까?"

적운비는 고개를 내저었다.

"그렇지 않습니다. 하여 천중태극무무진이라 명명했습니다."

第八章

천중태극무무진
(天中太極霧霧陣)

적운비는 혈마교가 잠잠한 시기를 아낌없이 활용했다. 어쩌면 정파가 마지막으로 평온할 수 있는 시기일수도 있었다. 그러니 여력을 총동원해야 했고, 그 대상은 당연 무당파였다.

천중태극무무진(天中太極霧霧陣)의 의미는 특별했다. 지금껏 적운비는 남에게 전하거나, 보여주었을 뿐 함께 행한 일이 전무했다.

어린 시절에는 언제든 무당을 떠나야 했기 때문이고, 현재에 이르러서는 그와 함께 무언가를 도모할 상대가 없었기 때문이다.

하나 천괴와 명객를 적운비가 홀로 막아 내기란 불가능에 가까웠다.

그렇기에 적운비는 무당삼청의 허락을 구한 후 하루 종일 무당파의 경내를 거닐었다. 무당파의 제자라면 배분과 출신을 가리지 않고, 찾아다니며 살피고 또 살폈다.

선기는 대진의 구성원이 되기 위한 필수요소였다.

무당무학의 기초가 튼실하고, 올곧게 수련했다면 선기는 자연스럽게 단전에 자리 잡았을 것이다.

하나 하루 종일 무당파를 떠돌다시피 한 적운비의 표정은 그리 밝지 않았다.

'어찌 도가의 성지라 불리는 무당파에서 선기를 찾기가 이리 힘들단 말인가.'

벽자 배가 물러난 이상 무당파의 주축은 무자 배였다. 한데 그들 중 선기를 지닌 이는 한 손에 꼽을 정도였다. 무당이 쇠락했던 시절 문파의 권위를 높이기 위해 벌였던 수련들이 독으로 돌아온 경우였다. 무인으로서 강해졌지만, 도인으로서는 오히려 쇠퇴한 셈이다.

결국 적운비는 청자 배의 제자들까지 두루 살피기 시작했다.

그 결과 놀라운 사실이 발견됐다.

청자 배의 제자들은 상당수 어느 정도의 선기를 지니고

있었다. 지난날 적운비와 함께 청송관에 있었던 제자들보다 많았다.

무당삼청에 대한 존경심이 절로 일어났다.

강호에 상승무공으로 인해 얼마나 많은 사건과 사고가 벌어졌던가.

하나 무당삼청은 적운비가 전한 혜검의 깨달음을 제자들에게 아낌없이 베푼 것이다. 이미 일정한 경지에 이른 무자 배보다 아직 어린 청자 배가 그 효과를 본 것은 자명했다.

적운비는 삼 일에 걸쳐 스물여덟 명을 뽑았다.

'이제 얼마나 성과를 낼 수 있을지의 문제군.'

스물여덟 명의 도인이 모였다.

외천삼호 중 동천의 앞마당이기에 절벽에서 불어오는 칼바람이 사뭇 차다. 하나 도인들은 추위보다 주변 풍광에 더욱 관심을 가졌다. 외천삼호 자체가 자소궁에서 이어지는 곳에 존재하니 초행인 도인이 대다수였다.

도인의 구성을 살펴보면 공통점을 찾기가 어려웠다.

현현전의 수호위인 벽기자와 내조당의 당주인 벽온자는 그야말로 무(武)와 도(道)를 양분하는 처지였다.

또한 벽천진인의 제자이자 당대 외천삼호를 책임지는 무격자를 비롯해서 벽기자의 제자인 무석자와 무녕자도 함께

했다.

그밖에 학도인 중 뛰어난 무재를 자랑하는 무유자와 무상자가 눈에 띄었다. 하나 무유자와 무상자의 무위는 학도인 중에서 뛰어날 뿐 처음부터 무학을 연마한 도인들에는 비할 바가 아니었다.

그 외로 무정선자와 제자인 진예화, 그리고 북두칠협을 비롯한 청자 배의 제자들이 구성원의 전부였다.

"벽온 사형, 장문인이 은거하다시피 한 우리까지 불러낸 이유가 뭘까요?"

벽기자의 말에 벽온자는 사람 좋은 미소를 지었다.

"사형도 모르는구려."

"삼청 사형들까지 면벽을 깨고 나오셨다지 않는가. 분명 중요한 이유가 있을 걸세."

"돈 계산할 때는 그렇게 날카로우신 분이 이럴 때는 아주 여유롭기만 하시구려."

"클클, 사제야 현현위를 제자들에게 물려줬지만, 난 아직도 내조당을 책임지고 있지 않은가. 이번 기회에 일선에서 물러날 수 있다면 뭐든 할 수 있다네."

무격자가 다가와 허리를 굽혔다.

외천삼호의 수호자는 곧 무당제일검을 뜻하니 벽기자와 벽온자도 포권을 하며 무격자를 맞이했다.

"사질, 자네는 들은 이야기가 있는가?"

무격자는 무당의 속가를 관리하기 위해 강호를 종횡한 탓에 나이보다 노회한 느낌을 풍겼다. 하나 그 역시 뒤통수를 긁적이며 어색하게 웃을 뿐이다.

"사부님께서 갑자기 불러들이셔서 이각 전에야 본산에 올랐습니다. 제가 아는 것이 있을 리가요."

벽기자의 제자인 무석자와 무녕자가 다가왔다.

"사백, 강녕하셨습니까?"

무석자와 무녕자는 벽온자를 향해 허리를 굽힌 후 무격자를 향해 눈인사를 했다.

"오셨군요. 사형."

무격자는 목석 같은 무석자의 어깨를 두드리며 호탕하게 웃었다.

"오늘따라 너무 격하게 반겨주는군."

무녕자가 키득거리며 물었다.

"무석 사형의 표정을 읽으시는 겁니까?"

"당연하지. 입꼬리가 평소보다 손톱 반만큼은 올라가지 않았는가. 분명 오랜만에 만난 나를 반기는 게지."

무녕자는 눈을 휘둥그레 뜨더니 무석자를 향해 얼굴을 들이댔다.

"그런가요? 사형, 무격 사형의 말이 맞습니까?"

"어허! 쓸데없는 소리."

무석자가 무녕자가 면박을 주는 사이 무당삼청과 적운비가 모습을 드러냈다.

도인들은 사담을 멈추고 전면을 주시했다. 지난 밤 개별적으로 불려왔기에 예삿일로 모인 것이 아님을 짐작한 것이다.

무당삼청은 한 걸음 물러나 오늘의 회합을 주도한 것이 적운비임을 드러냈다.

적운비가 앞으로 나서자, 함께 온 단도제와 위지혁 또한 걸음을 내디뎠다.

벽기자는 그 모습에 미간을 찡그렸다.

"저자는 무당의 제자가 아니지 않은가?"

벽기자의 불만을 이해 못하는 것은 아니었다. 단도제는 지금껏 천룡맹과 무당파를 오가며 수많은 계책을 만들어냈다. 그러다 보니 자격 없이 현현전을 드나들기도 했다. 장문인의 허락이 있었다지만, 현현위의 입장에는 불만을 가지는 것이 당연했다.

적운비는 어색하게 웃다가 장문인을 돌아봤다.

하나 무한자는 헛기침과 함께 시선을 피한다.

결국 적운비가 한숨과 함께 말을 이었다.

"단도제는 본 파에 입문하여 무당제자가 되었습니다. 그러니 벽기 사숙조께서는 고정하시지요."

"본파는 아직 사대제자를 받지 않았는데 입문이라니요."

무한자는 벽공진인을 향해 도움의 눈빛을 보냈다.

"천위가 추천했고, 벽천 사형과 내가 동의했네. 그로 인해 장문사질이 입문을 허락했으니 허물을 탓하지 마시게."

벽기자는 화를 가라앉히며 물러섰다.

적운비는 그제야 빙긋 웃으며 입을 열었다.

"여러분을 이곳으로 모신 이유는 향후 벌어질 정마대전과 그 후에 등장할 천괴를 상대하기 위함입니다."

벽기자와 벽온자를 비롯한 제자들은 서로를 살피며 어리둥절한 표정을 지었다.

천괴가 온 무림의 주적으로 정해진 이상 최정예가 모여도 부족할 터였다. 하나 여기 모인 제자들은 무학과 내공의 고하가 극명했고, 심지어 도학을 수련하는 이도 있지 않은가.

"이상한 점이 있더라도 잠시만 지켜봐 주세요."

적운비는 양손을 내민 채 슬며시 위아래로 흔들었다. 그리고 그의 손이 위에서 아래로 깊게 내려앉는 순간이었다.

"어! 어!"

삼대제자를 시작으로 도인들은 하나둘씩 다리에 힘이 풀린 사람처럼 주저앉는 것이 아닌가.

"이게 뭐지? 몸에서 바람이 빠져나가는 것 같군."

"단전에서 한순간 흩어져 버렸습니다. 지금은 다시 돌아왔지만요."

벽온자가 당황한 가운데 호기심 가득한 눈빛을 보이며 물었다.

"괴공, 이게 어찌 된 일이오?"

적운비는 빙긋 웃으며 다시 한 번 양손을 내저었다. 이번에는 원을 그리며 반죽을 하듯 천천히 휘돌렸다.

"허어!"

벽온자는 눈을 휘둥그레 뜬 채 탄성을 흘렸다.

적운비가 손을 휘돌릴수록 단전의 내공은 대주천을 하듯 전신을 휘돌았다. 한데 그 과정은 평소보다 몇 배는 더 안정적이고, 부드러웠다.

"선기입니다."

적운비의 한 마디에 도인들은 침음을 흘렸다.

도가의 무공을 익혀 극에 달하면 내공의 선의 기운을 띤다고 한다. 그러나 선기란 도가무학의 정리를 위한 하나의 표현법에 불과하지 않았던가.

한데 그것을 적운비가 구현해 버린 것이다.

'연풍여원기의 힘은 무한하다.'

혜검의 공능 중 연풍여원기(軟風如元氣)는 양의심공을 운용하는 것만으로도 자연지기를 풍부하게 만든다. 그것은 정공을 익힌 무인들에게는 꿈에도 그리던 기연과 다르지 않았다. 수련의 성과는 헤아릴 수 없을 정도였고, 발현을 하게 되면 그 위력 또한 무시할 수 없을 정도였다.

"선기는 비공기의 상극입니다. 그러니 천괴와 그의 수족을 상대하기 위해 무공의 고하가 아닌 선기의 유무로 여러 분을 이곳에 모시게 되었습니다."

선기는 눈에 보이지 않고, 느낄 수도 없다.

도인들은 서로를 쳐다보며 고개를 끄덕이기도 하고, 의아한 표정을 짓기도 했다.

"하면 우리를 선별하여 어떻게 천괴의 수족들을 상대할 요량이오? 도가의 제자로서 선기를 받아들였다니 기쁘기 그지없지만, 다룰 수가 없으니 괴공께서 길을 열어 주셔야겠소이다."

"혜검의 가르침 중 어둠이 짙게 깔려 길이 보이지 않으니 내딛는 걸음마다 길이 될 것이라 했습니다."

적운비의 말이 이어질수록 도인들은 난해한 표정을 짓기 시작했다. 처음에는 학도인들이 어느 정도 수긍을 했으나, 이내 깨달음의 벽에 부딪친 것이다.

"천중태극무무진은 구성원이 선기를 모아 또 하나의 천위가 되는 것을 핵심으로 합니다."

벽기자가 놀라며 물었다.

"그것이 짧은 시간에 가능하다는 말인가?"

적운비는 머뭇거림 없이 고개를 끄덕였다.

"충분합니다. 선기는 굳이 손을 대거나, 일정한 내력을 지니지 않아도 마음으로 일어나 마음으로 전해집니다. 그러니 크게 보아 격체전력을 통한 합격진이라 생각하셔도 무방합니다."

천중태극무무진에 대한 설명이 이어졌다.

진법의 핵심은 천중이며 곧 자미대성을 일컫는다.

태극은 음양의 조화를 이뤄 자미대성의 기운을 무무로 전달하게 된다. 즉, 자미대성의 기운을 받아 태극이 무무를 조율하는 것이다.

이때 적운비가 천중의 자리에 서서 핵심을 이루고, 벽천자와 벽운자가 태극을 맡는다. 그 외의 제자들이 안개처럼 퍼져 은밀하게 선기를 전달하는 것이 전법의 운용방법이었다.

"하면 벽천사형과 벽운사형이 진법을 이끌고 천괴의 수족들과 싸우게 되는 것인가?"

벽기자의 물음에 적운비는 고개를 내저었다.

"공교롭게도 본파에서 저를 제외하고 선기와 감응할 수 있는 분은 벽천사백조가 유일하십니다. 또한 벽운사숙조는 전대 장문인으로서 제자들에 대한 관리를 맡아주셔야 합니다. 그러니 두 분께서 전면에 나서 싸우는 것은 불가능합니다."

"그렇다면 무무 중에서 누군가 전면에서 검을 들어야겠군."

적운비는 고개를 끄덕였다.

"옳으신 말씀입니다. 천중이 뜻하면 태극이 전하고 무무가 움직입니다. 그리고 한 사람이 무무를 이끌어 천위와 같은 위용을 보여야 합니다."

"무당삼청을 제외하고 본파에 자격을 갖춘 사람이 있다는 것인가?"

벽온자의 물음에 적운비는 슬그머니 고개를 돌렸다.

그러자 제자들의 시선 또한 자연스럽게 적운비를 좇았다.

오직 그 시선을 받는 한 사람만이 당황스러운 표정을 지을 뿐이었다.

위지혁은 떨떠름한 표정을 지으며 자신을 가리켰다.

"나?"

"그래, 너."

적운비의 담담한 한 마디에 위지혁은 목소리를 한껏 낮췄다.

"어른들 계시는 곳에서까지 장난질을 치다니 미쳤구나."

"농담 아닌데?"

위지혁은 꿀 먹은 벙어리처럼 눈을 끔뻑였다.

적운비의 눈빛은 진지하기만 했다.

"저, 정말이야?"

"그래."

"내가 선기와 감응한다고?"

"하늘도 무심하시지, 네게 그런 자격을 주시다니…… 안타깝지만, 사실이다."

무당삼청의 표정을 보아하니 이미 알고 있었던 모양이다. 사문의 존장들이 수긍하니 제자들 또한 따르지 않을 도리가 없었다.

무엇보다 천위의 뜻이다.

무당의 제자로서 이견이 있을 리 만무했다.

소대령은 눈치를 보다가 슬그머니 다가오더니 위지혁을 힘주어 안았다.

"축하해! 축하해! 선기와 감응하다니! 혁아, 나는 네가 이런 사람이 될 줄 알았어. 하하하!"

위지혁은 볼을 붉히며 소대령의 얼굴을 밀어냈다.

"닥쳐! 돼지야."

단도제는 두 사람의 모습을 지켜보다가 물었다.

"한 치의 거짓도 없는 진실이지요?"

적운비는 헛웃음을 지으며 말했다.

"그래."

"저렇게 좋아하는 걸 보니 질투가 나네요. 저도 괴공과 어릴 때부터 함께 자랐으면 지금쯤 뭐가 되도 됐을 텐데요."

적운비는 단도제의 너스레를 보며 입꼬리를 올렸다.

"부러우면 너도 수련시켜 줄까?"

단도제는 천중태극무무진의 운용을 떠올리며 슬그머니 시선을 피했다.

"저는 혈마교를 이길 계책이나 생각하러 가야겠습니다."

*　　*　　*

위지혁은 어리둥절한 표정을 지우지 못했다.

자신을 둘러싸고 있는 사람들의 면면을 살피면 정신이 아득할 정도였다.

무당삼청은 위지혁의 수련을 맡았다.

기한은 당연히 정마대전이 발발하기 직전일 터였다.

그러다 보니 수련의 강도는 말로 설명할 수 없을 정도로 혹독했다. 무당삼청과의 수련이 끝나면 벽공진인은 위지혁과 함께 소연무장으로 향했다. 그곳에는 천중태극무무진을 구성할 도인들이 대기하고 있었다. 그들과 함께 진법을 공부하고, 수련하다 보면 해가 서산 너머로 사라진다.

"하아……."

위지혁은 어둠이 옅게 깔리는 것을 보며 탄식했다.

수련은 새벽부터 이어졌지만, 그리 힘들다고 여겨지지 않았다. 그도 그럴 것이 무당파가 자신을 위해 총력을 기울이고 있지 않은가. 삼시세끼를 영약과 함께했고, 운기조식을 할 때면 항상 벽천자나 벽운자가 옆에 붙었다. 초절정고수의 진기도인을 받는 매순간마다 새로 태어나는 기분이었다.

하지만 거기까지였다.

위지혁은 해가 지는 것을 확인하자마자 긴 한숨을 내쉬었다.

"가기 싫다."

잠시 후 언제나 그렇듯 소대령이 마중을 나왔다.

"가자. 운비가 기다려."

위지혁은 소대령의 웃음기 가득한 얼굴을 보자마자 미간을 찡그렸다. 소풍이라도 가는 것처럼 신나하는 녀석이 못마땅한 것은 당연했다.

"가자."

"가긴 어디를 가? 안 가! 오늘은 못 가! 이러다가 천괴가 죽기 전엔 내가 먼저 죽겠다! 안 가!"

소대령은 위지혁의 반응을 이해했다.

그도 그럴 것이 적운비의 수련법은 지켜보는 것만으로도 진이 빠질 정도로 혹독하지 않던가.

하지만 적운비가 직접 부탁한 일이다.

소대령은 주변을 향해 신호를 보냈다.

그러자 북두칠협이 하나둘씩 모습을 드러냈다.

"어? 지금 이거 뭐하자는 거지?"

위지혁은 주춤거리며 물러서려 했다.

하나 북두칠협은 이미 퇴로를 차단한 채 검진을 운용할 차비를 끝낸 상태였다.

"혁아. 가자."

위지혁은 북두칠협이 검배에 손을 올리는 모습에 좌절하지 않을 수가 없었다. 그는 애절한 표정으로 소대령을 향해 말했다.

"대령아."

"응?"

"나 가기 싫어. 나 사부님한테 가고 싶다. 나 수련하기 싫어. 나 좀 그냥 내버려 두면 안 되겠냐?"

위지혁은 아예 소대령의 바짓가랑이라도 잡고 늘어질 태

세였다. 하지만 적운비의 밀명을 받은 소대령은 눈 한 번 깜빡하지 않은 채 검배에 손을 올렸다.

"운비가 오기 전에 그냥 가자. 너를 위해서 하는 말이야."

"……."

결국 위지혁은 형장에 끌려가는 죄수처럼 고개를 푹 숙인 채 걸음을 옮길 수밖에 없었다.

"힘내. 그래도 차기 무당제일검으로 선택받았잖아?"

소대령의 말에 위지혁은 이를 갈았다.

"지금 누구 놀리냐?"

*　　*　　*

적운비는 늦은 밤 등선로를 내려와 수련관으로 향했다. 무당파는 아직 사대 제자를 받지 않았기에 수련관은 비어 있는 상태였다. 하나 얼마 전부터 수련관은 새로운 손님을 맞이했다.

바로 천룡맹을 지원하기 위해 해남에서 달려온 해남파의 무인들이었다. 해남파의 무인 중 절반은 혈마교의 경계에 배치된 상태였다. 그리고 다른 문도들은 해귀왕의 지휘 아래 수련관에서 기거하고 있었다.

적운비는 혈인을 불러내 마주앉았다.

"해귀왕께서 하산하셨다며?"

혈인은 어깨를 으쓱거렸다.

"노대께서 전선으로 나가셨다는 소식을 듣고 바로 내려가셨어. 해남도에 있을 때에는 서로 못 잡아먹어서 안달이더니 아주 지금은 죽고 못 사는 사이가 되었네."

"두 분 다 노년에 좋은 친구를 얻으셨군."

적운비의 말에 혈인은 팔짱을 낀 채 퉁명스러운 어투로 말했다.

"그런데 우리는 그리 좋은 친구 사이가 아닐 텐데? 천하에 이름을 날리시는 괴공께서 이런 누추한 곳에는 왜 오셨데?"

적운비는 혈인의 토라진 모습에 폭소를 터트렸다.

"아직도 본산에 오르지 못한 것이 원망스러운 거냐? 애들처럼 왜 이래?"

혈인은 입술을 삐죽이며 시큰둥한 표정을 지었다.

"왜 왔냐?"

적운비는 웃음기를 지우고 물었다.

"혈마교가 잠잠한 이유가 뭐라고 생각하냐?"

혈인은 생각할 것도 없다는 듯이 어깨를 으쓱거렸다.

"천괴가 허락 안했나 보지."

"또?"

"그걸 왜 나한테 물어? 나 이제 혈마교도 아니라고! 나는 해남파의 제자란 말이다."

적운비는 발끈하는 혈인을 만류하며 말했다.

"장난칠 생각은 없었어. 진지하게 묻는 거야. 네 아버지와의 사이가 좋지 않았다는 건 알아. 하지만 너라면 혹시 생각나는 것이 있을까 해서 이렇게 찾아오게 됐다."

혈인은 그제야 침음을 흘리며 생각에 잠겼다.

"그는 감정으로 움직이는 사람이 아니야. 하지만 스스로 소중하다 여기는 것이 있다면 결코 포기하지 않아. 물론 나는 그 대상에 포함되지 못했지만."

적운비는 혈인의 씁쓸한 마음을 애써 외면한 채 급히 물었다.

"그가 정말로 소중하게 여기고 있는 게 뭔데?"

혈인은 어깨를 으쓱거리며 대수롭지 않게 말했다.

"내가 알 턱이 없잖아."

"뭐라도 좋아. 확실하지 않아도 되니까 일단 얘기 좀 해줘봐."

적운비의 연이은 재촉에 혈인은 잠시 생각에 잠기더니 입을 열었다.

"뭐 신마흑주 정도라고나 할까?"

"성목?"

혈인은 고개를 끄덕였고, 적운비는 생각에 잠겼다.

신마흑주(神魔黑柱)라면 마교의 성목(聖木)이 아닌가. 패망한 마교의 삼대 신물은 성녀와 성표, 그리고 성목을 칭했다.

"혈맥이 마교의 정통 계승자라는 것을 증명하고 싶은 거로구나."

"그래, 너도 알다시피 마교인이 해남도에 표류하면서 혈마교가 시작됐어. 지금에 와서 해남도와의 관련성을 끊어내기는 했지만, 교내에는 여전히 불편한 시선으로 보는 자들이 상당해."

적운비의 입꼬리가 올라갔다.

"패망한 마교의 지류들이 뭉쳐서 생겨난 게 마맥이었지?"

"맞아. 마맥은 마교의 잔당들을 규합하여 대표자가 되었어. 혈맥과 함께 혈마교를 구성하고 있지만, 언제든 등에 칼을 꽂을 수 있는 게 마맥이야."

"흐음."

혈인은 대수롭지 않게 이야기 했지만, 적운비는 깊은 관심을 가졌다.

'우선순위의 문제인가?'

*　　*　　*

이튿날 의외의 손님이 무당산을 찾아왔다.

"패천성은 어쩌고?"

적운비의 물음에 제갈수련은 어깨를 으쓱거렸다.

"도연 선사가 천룡맹을 도와주래. 진짜 속내야 어떨지 모르겠지만……."

"훗, 자기 사람이 아니면 똑똑해도 필요 없다는 뜻인가?"

제갈수련은 쓴웃음을 지었다.

"이미 험한 걸 너무 많이 봤어. 전쟁이라는 거 거창해 보이지만 누가 더 추악해질 수 있는지에 관한 싸움 같아."

적운비는 제갈수련의 말에 동의했다.

그가 아는 도연이라면 북왕의 승리를 위해 어떠한 오욕도 감수할 것이다.

"전황은 어때?"

"지지부진 하지. 북왕은 여전히 배후에 외적을 두고 있잖아. 배후에 소림을 두고 있는 무림도독부 역시 몸을 사리고 있어. 계기가 없다면 당분간 소강상태일 거야."

"간신 척살이라는 명분은 시간이 흐를수록 힘을 잃어.

이렇게 되면 연왕부가 불리한데.”

제갈수련이 목소리를 낮췄다

“곧 대규모 전투가 일어날 거야.”

적운비는 고개를 갸웃거렸다.

“양측 다 선제공격을 하기에는 불리한 점이 너무 많아. 들은 이야기라도 있어?”

“황실이 움직일 거야. 요즘 천자의 움직임이 범상치 않아. 마치 다른 사람이 된 것 같데?”

적운비는 눈을 휘둥그레 떴다.

지금껏 까맣게 잊고 있었던 명수라를 떠올린 것이다. 명수라는 비공기로 황제를 비롯한 대신들을 종속시키지 않았던가. 그런 그가 부상을 당해 사라졌으니 권속들이 풀려나는 것은 당연했다.

물론 그 여파는 적운비가 예상했던 것보다 훨씬 더 끔찍했다.

“성정을 종잡을 수가 없데. 어떨 때는 자비롭고, 어떨 때는 잔혹해. 황제가 미쳤다는 소문이 조금씩 퍼지고 있어.”

“그 정도야?”

제갈수련은 고개를 끄덕이며 말을 덧붙였다.

“게다가 대신들은 우환을 없애야 한다며 연이어 상소를 올리는 형국이래. 만약 황실에서 공격을 명령한다면 제아무리 태상이라고 해도 뻗댈 수 없어."

"하지만 황실에서 명령만 내릴 리 없지. 비공기로 인한 고삐가 풀렸으니 대신들은 본능적으로 움직이게 되어 있어. 그들이 제일 두려워하는 것은 북왕일 테니 상소를 올리는 것은 당연해. 그리고 분명 엄청난 지원군을 보낼 거야."

제갈수련은 적운비와 북왕의 관계를 떠올리며 말끝을 흐렸다.

"하지만 그렇게 되면……."

적운비의 눈빛이 잠시나마 흔들렸다.

만약 황궁에서 지원군이 파견된다면 연왕부는 그야말로 사면초가의 상황에 직면한다. 배후의 적도 모자라 양동공격까지 신경 써야 하는 상황이 되어 버린 것이다.

"지금은 거기까지 신경 쓸 틈이 없어. 이쪽은 내일 당장 혈마교가 쳐들어와도 이상하지 않을 만큼 폭풍전야란 말이야."

제갈수련은 더 이상 연왕부를 거론하지 못했다. 적운비의 표정에서 내적 갈등이 고스란히 전해졌기 때문이다.

"단도제는 어디 있어? 나 그 사람하고 할 이야기가 있는데."

적운비는 화제 전환을 기쁘게 받아들였다.

"그가 살아 있기 때문에?"

제갈수련은 눈을 동그랗게 떴다.

"알고 있었어?"

적운비는 어깨를 으쓱거렸다.

"녀석이 죽음을 각오했을 때 어렴풋이 알게 되었어. 단가의 병법은 단도제라는 이름으로 전해지지. 그 녀석이 절맥을 택할 리 없으니 누군가에게 단도제라는 이름을 부탁했을 것이라 여겼어. 제갈세가와 연을 끊은 너라면 아주 좋은 후계자였겠지."

제갈수련은 고개를 내저었다.

"으으, 이제는 무섭다. 무서워. 누가 보면 신기라도 있는지 알겠어."

적운비는 어깨를 으쓱거렸고, 제갈수련은 빙긋 웃으며 그를 지나쳤다. 두 사람의 손이 부드럽게 스치는 순간 적운비의 담담한 한 마디가 들려왔다.

"예화를 보낸 거 고맙게 생각해."

"됐어. 승부는 공평해야 한다고 생각했을 뿐이야. 시기적으로 봤을 때 그쪽이 나보다 빨랐으니까."

제갈수련은 나직이 한 마디를 남긴 채 종종걸음으로 사라졌다.

"무사해서 다행이야."

적운비는 제갈수련의 뒷모습을 보며 웃음을 지우지 않았

다.

누구를 택할지, 아니면 함께할지 모르는 일이다.

확실한 건 두 사람 다 아주 좋은 여자라는 점이다.

적운비는 근래에 들어 가장 기분 좋은 표정으로 자리를 떴다.

그리고 이튿날 황궁과 혈마교를 감시하던 하오문에서 지급으로 비선이 도착했다.

"시작됐습니다!"

第九章

정마대전(正魔大戰)

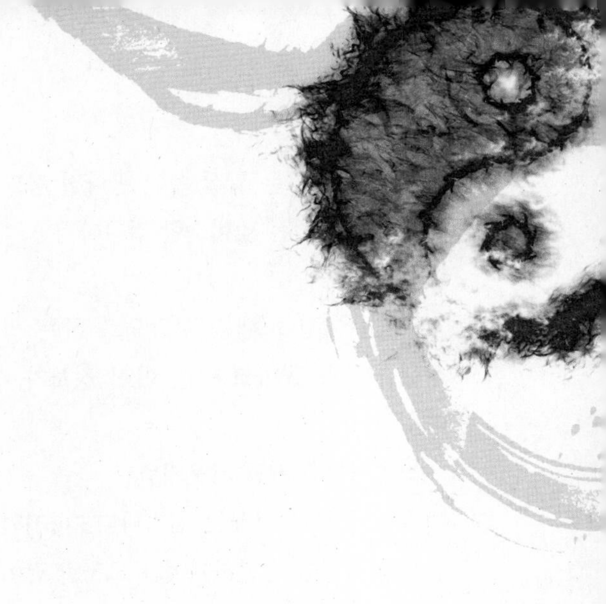

조상은 적운비를 따라다닌 덕에 천룡맹에 속한 하오문 지부의 총책으로 임명됐다. 그런 그가 땀까지 흘리며 달려 들어왔을 때에는 범상치 않은 이유가 있을 터였다.

적운비는 표정을 굳힌 채 물었다.

"어디야?"

황실과 혈마교 중 움직인 쪽을 묻는 것이다.

조상은 바짝 마른 입술을 힘겹게 벌리며 한 마디를 흘렸다.

"둘 다요."

"황실과 혈마교가 동시에 움직였다고?"

"시기적으로는 황실 쪽이 반나절 정도 빠릅니다. 하지만 도착하는 시기는 엇비슷할 겁니다."

"인원은?"

"황실은 경 노대를 수장으로 하는 십삼만의 군세를 편성했습니다. 혈마교 쪽은 아직 정보가 수집되지 않았습니다."

적운비는 고개를 갸웃거렸다.

십만이 넘는 군사는 엄청나다. 하지만 황실이 주적으로 선포한 북왕을 정벌하기에는 모자란 감이 없지 않았다.

'북왕을 상대하면서 여력을 남겨?'

조상이 적운비의 의문을 풀어 주었다.

"황제가 소극적입니다. 아무래도 마지막 남은 번왕까지 죽이게 되면 오명을 뒤집어쓰게 될까 두려운가 봅니다."

적운비를 혀를 찼다.

'태조가 개국공신 대부분을 처형했고, 쓸 만한 자는 손에 꼽힐 정도에 불과하다. 한데 그들 중 상당수가 북왕과 함께하고 있지 않은가. 명분도 빼앗겼으니 가진 것이라고는 수많은 군사가 전부면서 오명을 걱정하다니…….'

황실의 오판 때문인지 마음이 조금은 편하다.

패천성과 소림이 돕는 이상 북왕은 쉽게 무너지지 않을 것이다.

그렇다면 선결해야 할 적을 논의해야 할 차례였다.

"혈마교에 대한 정보는 많으면 많을수록 좋아. 하오문은 물론이고, 천룡맹의 가용인력까지 최대한 동원해도 좋아. 그리고 교주가 참전했는지 최대한 빨리 조사해 봐."

조상은 입꼬리를 올렸다.

"천룡맹 무상의 명이시라면……."

이러니저러니 해도 자신은 천룡맹의 이인자와 함께 일을 하는 사이가 아닌가.

정마대전만 무사히 마친다면 하오문주는 물론이고, 천룡맹의 고위급이 되는 것도 불가능은 아닐 터였다.

적운비는 급히 나서려는 조상을 불러 세웠다.

"저번에 부탁한 건 어떻게 됐지?"

조상은 밝은 미래를 떠올리며 공손하게 허리를 굽혔다.

"아미파에서 출발한 자가 홍산에 이르렀으니 반나절이면 원하시는 것을 받아보실 수 있을 겁니다."

적운비는 고개를 내저었다.

"한시가 급해. 전서구를 띄워서 시간을 최대한 좁혀보라고 해 줘."

"그리하겠습니다."

적운비는 창밖으로 펼쳐진 풍광을 보며 나직이 한숨을 내쉬었다.

'정마대전이로구나.'

잠시 후 경내가 소란스럽더니 경종까지 울려 퍼졌다. 조상의 정보가 무당삼청에게 전해졌나 보다. 이제는 적운비도 나서야 했다.

자소궁에 들어서는 순간 도가문파와 어울리지 않는 열기가 전신을 후끈 달궜다.

무당파의 도인들은 물론이고, 천룡맹과 각지에서 파견된 인력이 한데 뭉쳐서 격렬한 토론을 이어가고 있었다. 전서구는 쉴 새 없이 창문을 통해 오갔고, 하오문을 비롯한 정보단체의 비선들은 정보를 선별하느라 여념이 없었다.

"괴공!"

적운비를 알아본 매화검군이 포권을 하며 반겼다.

외적으로는 천룡맹의 무상이고, 내적으로는 무당파의 천위가 아닌가. 지위와 나이의 고하를 막론하고 모두가 고개를 숙였다.

"어떻게 됐습니까?"

"호북과 호남의 경계인 천자산에서 이미 한차례 부딪쳤다. 해귀왕 어르신과 여 대협이 훌륭하게 막아냈어."

무당 장문인 무한자의 말에 매화검군이 덧붙였다.

"벽천진인께서 진두지휘를 하셨다는군."

천자산은 무당파와 해남파가 자리 잡은 곳이다.

그리고 그곳에는 벽천진인과 그의 제자인 무격자가 함께 하고 있었다. 무당의 입장에서는 전력의 삼 할 이상을 파견한 것이나 다름없었다.

적운비는 나지막이 탄식했다.

본래 벽천자는 천중태극무무진을 조율해야 했고, 무격자 또한 진법의 핵심적인 인물이었다. 그러나 정마대전을 앞두고 무당의 도인들이 모두 본산에 머무를 수는 없는 법이다. 속가 제자들은 물론이고, 세인의 시선 또한 신경서야 했기 때문이다.

전대 장문인인 벽운자와 벽공자가 잠을 줄이면서까지 수련을 이어갔지만, 벽천자의 공백은 나날이 커져만 갔다.

"혈마교주의 위치는 파악됐습니까?"

매화검군은 고개를 내저었다.

"아직 아닐세. 하나 암객과 혈객의 숫자가 수백 명에 이른다는군. 사도련과는 비교할 수 없을 정도로 많다니 혈마교에서도 총력전을 준비하는 것이 아니겠는가. 하면 교주 역시 함께하고 있겠지."

적운비는 침음을 흘렸다.

비공기로 맺어진 상하관계는 죽음으로만 해지가 가능할 터였다.

'아무리 교주라고 해도 천괴의 명을 계속 거부할 수는 없어. 황실의 지원군과 정마대전이 동시에 일어났다면 이것 또한 천괴의 입김이 닿았다는 뜻이겠지.'

적운비는 본능적으로 혈마교주의 선택이 정마대전의 행방을 좌우할 것이라 믿었다.

'일이 어떻게 돌아가고 있는 거지?'

* * *

삼염곡(森髥谷)은 이름처럼 수많은 나무가 군락을 이루고 있었다. 그렇기에 입구를 찾기가 어려웠고, 노련한 약초꾼이라고 해도 함부로 발을 들이지 않을 정도의 험지였다.

한데 어느 날인가부터 희뿌연 안개가 삼염곡을 둘러싸기 시작했다. 밤낮을 가리지 않고 정체 모를 짐승의 울부짖음과 퀴퀴한 냄새가 진동했다.

그 후로 삼염곡에 발을 들인 사람은 한 명도 돌아오지 못했고, 사람들은 삼염곡을 가리켜 괴곡(怪谷)이라 부르기 시작했다.

끼이이이이이이이—

절로 미간이 일그러질 정도로 기괴한 울음이다.

괴조가 내지를 법한 울음의 주인공은 커다란 항아리에

앉아 있는 중년인이었다.

중년인은 본래 사도련의 소속문파 중 가장 큰 세력을 자랑하는 만마문의 문주였다. 그리고 사도련의 정예인 사도십단의 수장인 만마단의 단주이기도 했다.

만안당주를 따라 후퇴했던 그가 검은 눈동자를 끔뻑이며 연방 괴음을 쏟아 냈다.

끼이이이이이이이—

그가 괴성을 지를 때마다 항아리에 담겨 있는 검붉은 액체가 출렁였다.

"순조롭군요."

만안당주는 만마단주를 보며 입을 열었다. 그의 눈빛은 만마단주를 사람으로 보고 있지 않았다.

나른한 목소리가 등 뒤에서 들려왔다.

"느려."

천괴다.

그는 좌우에 명경과 명안을 두고 나른한 표정으로 괴곡의 내부를 내려다보고 있었다.

나무로 빽빽해야 할 괴곡은 청석을 깔아 놓은 것처럼 평평했다. 그리고 수백 개의 항아리가 나무를 대신하여 자리를 차지하고 있었다. 항아리마다 사람이 앉아 있었고, 쉴 새 없이 괴성을 내질렀다.

만안당주와 함께 사라진 사도련의 무인들이었다.

"일단 흑주액과 미령혼무가 제대로 흡수되면 완성은 한 순간입니다. 만마단주가 완성되는 순간 모두 괴객으로 화할 것입니다."

"끄으으."

만마단주가 처음으로 사람의 목소리를 흘려 냈다.

만안당주의 입가에 미소가 맺혔다.

괴객의 완성이었다.

천괴는 명안을 향해 손짓했다.

"적당히 시험해 봐라."

명안은 대꾸 없이 천천히 단상 아래로 내려섰다.

"싸워라."

천괴의 명을 시작으로 만마당주와 명안은 비공기를 흩뿌리며 박투를 시작했다.

콰콰쾅!

강기가 충돌하며 엄청난 충격파가 전해졌다.

하나 천괴가 만들어 놓은 기막을 뚫지 못했다.

만마당주는 본신 무공을 아낌없이 풀어냈다. 한데 그의 일수마다 비공기가 넘실거렸다. 마치 오랜 세월 비공기를 접해 온 사람처럼 말이다.

"좋군."

천괴의 말이 떨어지기 무섭게 만마당주와 명안은 박투를 멈추고 머리를 조아렸다.

"얼마나 걸릴까?"

만안당주가 빙긋 웃으며 말했다.

"무공의 고하가 존재하지만 한 시진 이내에 모두 깨어날 것입니다."

천괴는 만족스러운 웃음을 보였다.

하나 떠오른 것이 있는지 이내 미간을 찡그리며 불편한 기색을 드러냈다.

"혈마교주는 아직인가?"

만안당주의 입가에서 웃음기가 사라졌다. 그는 공손히 손을 모은 채 조심스럽게 말했다.

"마맥과 대치한 채 움직이지 않고 있습니다. 하지만 혈마교의 전력을 천룡맹으로 출진시켰으니 지금쯤 정마대전이 한창일 겝니다."

"흥! 잔머리를 굴리는군. 나는 분명 직접 군세를 이끌고 나가 싸우라 명했다."

천괴의 목소리가 갈라질 때마다 부드럽게 휘감겨 있던 금선강기가 기광을 번뜩였다.

만안당주는 황급히 부복하며 말했다.

"명조가 지켜보고 있습니다. 명하신다면 제가 당장이라

도 혈마교주를 치고, 잔당을 이끌겠습니다."

천괴는 잠시 눈을 감고 생각에 잠겼다.

분명 명조를 통해 혈마교의 상황을 엿보고 있는 것이리라. 그가 다시 눈을 떴을 때에는 입가에 묘한 미소가 맺혀 있었다.

"클클, 혈마교주가 아주 제대로 잔머리를 썼군."

"무슨 말씀이신지?"

"되었다. 모조리 죽여서 끝낼 일이었다면 이처럼 시간을 질질 끌지도 않았지. 어차피 놈들은 모두 괴객이 되어 내 의지를 따를 것이야."

잠시 후 괴곡을 가득 채웠던 괴성이 하나둘씩 잦아들었다. 그리고 검붉은 액체에 몸을 담갔던 사파인들은 제각기 신음을 흘리며 눈을 감았다.

천괴는 입꼬리를 올렸다.

만안당주는 그 모습에 허리를 숙이며 말했다.

"그럼 저는 명조에게로 가겠습니다."

천괴는 손을 내저어 축객령을 대신했다. 잠시 후 괴객들이 하나둘씩 천괴 앞에 도열했다.

괴객의 기도를 평가하자면 암객보다 명객에 가까웠다. 그런 수하가 벌써 수백 명이나 생긴 것이다. 하나 비공기의 무서움은 아직 끝난 것이 아니었다.

천괴는 빙긋 웃으며 손가락을 튕겼다.

그러자 수백 명의 비공기가 한순간 열어졌고, 사파인들의 눈동자가 제 모습을 찾았다.

"헉! 여기는 어디야?"

"누구냐?"

"단주! 어찌 된 일입니까?"

수백 명의 사파인들이 한순간에 정신을 차린 것이다. 그들에게서 당황스러움과 분노가 동시에 전해졌다. 사파인들은 삽시간에 만마당주를 중심으로 뭉쳐 천괴를 노려봤다.

"웬 놈이냐?"

만마당주의 우렁찬 일갈에 대응하는 천괴의 목소리는 여전히 나른했다.

"알 것 없느니라."

그 순간 천괴는 다시 한 번 손가락을 튕겼고, 사파인들의 눈동자가 한순간에 검게 물들었다.

천괴는 만족스러운 듯한 마디를 흘렸다.

"건방진 꼬맹이가 이걸 보면 뭐라고 할까? 기대되는군."

* * *

한 무리의 도인들이 무당산을 내려와 남하했다.

천중태극무무진을 익힌 도인들이다.

벽기자가 선두에 섰고, 적운비는 후미에 위치했다.

"산발적인 교전이 네 차례 있었습니다. 암객 한두 명에 혈객 대여섯을 포함한 소규모였지요."

"적극적으로 임하고 있지 않군."

적운비의 물음에 조상은 고개를 끄덕였다.

"그렇습니다. 혈마교가 천자산의 산세에 익숙지 않다지만, 필요 이상으로 소극적입니다. 오히려 해귀왕이 해남파의 무인들을 이끌고 야습하여 상당한 피해를 입혔습니다."

"그런데?"

조상이 목소리를 낮췄다.

"놈들은 해귀왕을 쫓지 않았습니다. 그저 방어에만 집중했다고 합니다."

"어디까지 확인됐지?"

"혈마교주의 동생인 혈기량은 모습을 보였습니다. 여전히 혈마교주는 모습을 드러내고 있지 않습니다."

적운비는 잠시 생각에 잠겼다.

조상은 개의치 않고 말을 이었다. 어차피 적운비라면 자신의 말을 알아서 듣고 있으리라 믿은 게다.

"하지만 혈기량은 교주의 권위를 대신하는 마령장을 들고 있지 않았습니다. 이미 몇 차례나 빈손인 것을 확인했지요. 마령장은 옷 속으로 숨기기에는 너무 큽니다. 그렇다고 따로 숨겨놓는 것도 말이 안 되지요. 그러니 조금 더 정보를 수집할 필요가…….”

적운비가 눈을 떴고, 조상은 입을 닫았다.

“없다고?”

“네.”

“아무것도?”

“저희가 확인한 바로는 없었습니다.”

적운비의 눈동자가 번뜩였다.

“혈혼장은 확인했어?”

조상은 고개를 갸웃거렸다. 혈혼장은 혈맥의 맥주가 지니는 신물이 아닌가. 혈천휴가 교주가 된 이후 혈맥의 맥주는 동생인 혈기량이 맡고 있었다.

“제가 접한 정보에는 없었습니다.”

“천자산까지 얼마나 남았지?”

“반나절 정도입니다.”

적운비는 단호한 어조로 말했다.

“천자산에 도착할 때까지 혈기량이 혈혼장을 지녔는지 확인해 줘. 중요한 거야.”

조상은 침을 꿀꺽 삼키더니 조심스럽게 물었다.

“어느 정도로 중요한 일입니까?”

“정마대전의 향방을 결정할 정도라고 하지.”

적운비의 말이 떨어지기 무섭게 조상은 경공을 펼치며 멀어졌다. 적운비는 그 모습을 보며 입꼬리를 올렸다.

‘여전히 다루기 쉬운 놈이군.’

조상에게 권력의 중심부로 나아갈 수 있는 지름길이 열렸다. 그러니 조상은 그가 지닌 모든 권력을 이용하여 적운비가 궁금해 하는 것을 알아올 것이다.

조상과의 관계는 이 정도가 적당했다.

‘그러니 빨리 알아와. 농담이 아니었으니까!’

무당파가 향하는 곳에서 달려오는 이가 있었다.

반 마장 앞에 있어야 할 혈인이었다.

해남파는 무당파가 천중태극무무진을 수련할 수 있도록 일부러 자리를 비켜준 상태였다.

“무슨 일이야?”

혈인은 표정을 굳힌 채 멀리서 급하게 외쳤다.

“전면전이다! 혈마교가 천자산 진입을 시도했어!”

무당파를 인솔하던 벽기자는 눈매를 찡그리더니 나직이 한 마디를 흘렸다.

“경공을 펼쳐 지급으로 천자산까지 달린다.”

천자산까지 이십 리는 더 달려야 한다.

벽기자를 비롯한 무도인들은 학도인들을 한 명씩 짊어지고 내달렸다. 일각 후 해남파가 걸음을 늦추고 무당파와 발을 맞췄다.

적운비는 벽기자의 눈빛을 받고, 앞으로 나섰다.

"지금부터 호흡을 고릅니다. 천자산의 초입이 육안으로 확인되는 순간 고속으로 전진하여 적의 배후를 칩니다."

모두가 고개를 끄덕이며 호흡을 가다듬었다.

무당산을 벗어난 적이 없던 학도인들은 전투를 앞두고 긴장한 기색이 역력했다.

적운비는 그 모습에 입가에 미소를 띤 채 학도인들을 다독였다.

"자미대진은 물처럼 유유하고, 바람처럼 부드럽습니다. 애써 적을 해하려 할 필요도 없고, 일부러 살기를 드러낼 까닭도 없어요. 그저 지금껏 수련했던 것처럼 선기를 자연스럽게 드러내면 되는 겁니다. 나의 기운이 동문사형제의 기운과 합쳐지고, 융화된 기운은 천중을 향해 집중됩니다. 그러니 진법의 형만 유지한다면 문제될 것이 없어요."

그러나 학도인들은 긴장을 쉬이 풀지 못했다. 백 번 듣는 것보다 한 번 행하는 것이 낫지 않던가.

적운비는 무당의 제자들을 믿었다.

수년, 또는 수십 년간 평정심을 갈고 닦은 이들이다. 잠깐의 충격은 있을지언정 금세 자연지기의 고요함에 물들 것이다.

"천자산입니다!"

소대령의 외침이 들리는 순간 적운비는 전방으로 튀어나가 허공으로 솟구쳤다.

혈마교의 위치를 찾아내는 것은 숨을 쉬는 것보다 손쉬웠다. 혈마교의 교도들은 모두 머리에 붉은 띠를 둘렀고, 흑의를 입고 있었다.

적운비는 무리에서 비공기의 흔적을 쫓았다.

혜검은 마음먹는 순간 뜻을 따르는 경지에 이르렀다. 한 호흡도 지나지 않아 인파 속에서 암객과 혈객을 구분했을 정도였다.

'너무 많아!'

혈마교도의 숫자는 이백여 명 남짓이다. 한데 암객과 혈객의 숫자는 수십 명에 이를 정도였다. 게다가 혈마교도 중 제대로 된 마기를 흘리는 자들은 그리 많지 않았다.

적운비는 찰나간 혈기량의 의도를 파악하려 했다.

결론은 금세 도출됐다.

혈마교도가 목숨을 도외시한 채 달려드는 모습을 봤기 때문이다.

'보여주기? 버리는 패?'

적운비는 황급히 혈인에게 전음을 보냈다.

혈인은 잠시 눈을 휘둥그레 뜨더니 고개를 갸웃거렸다. 두 사람은 전음을 주고 받았고, 혈인은 고개를 끄덕이며 해남파의 수장에게 적운비의 말을 전했다. 그 즉시 해남파는 무당파와 갈라져 반대편으로 경공을 펼쳤다.

"어떻게 되는 거야?"

적운비는 대답 대신 목소리를 높여 외쳤다.

"마교도를 공격하라!"

웅혼한 내력이 담긴 일갈은 천자산까지 여파가 미칠 정도였다.

혈마교도들은 갑작스러운 지원군에 우왕좌왕했고, 천룡맹의 무인들은 그 틈을 놓치지 않았다.

"혈마교의 허리를 칩니다!"

적운비의 예상대로 암객은 혈마교도를 이끌지 않았다. 함께하고 있지만, 독자적인 세력처럼 적당한 거리를 유지할 뿐이었다.

무당파의 등장에 혈마교는 전열을 가다듬으려 했다.

하지만 천룡맹은 혈마교의 꼬리를 잡고 끈질기게 공세를 이어갔다.

[잊지 마! 너는 진법의 중심이자, 공격의 첨병이야. 천중

태극무무진은 너를 중심으로 숨을 쉰다.]

위지혁은 적운비의 전음에 고개를 까딱였다. 그러고는 버드나무가 휘몰아치듯 진법을 이끌고 혈마교도들을 향해 검을 휘둘렀다.

조양검법의 절초가 펼쳐지는 순간 검신에 백광이 깃들었다. 천중태극무무진으로 인해 구성원 간의 선기가 증폭된 상태였다. 혜검의 연풍여원기가 그러하듯 선기는 오롯이 천중의 위치에 자리한 위지혁에 흘러들어간 것이다.

위지혁은 휘황찬란한 검강을 보며 놀람을 금치 못했다.

'이 정도라면!'

실전 경험이라면 또래의 누구에게도 뒤지지 않는다.

수백의 마인은 두려움 대신 호승심을 불러일으켰다.

차아아아아악—

검을 자르고, 도를 부순다.

선기(仙氣)로 응축된 강기는 마기의 상극이다.

혈마교의 교도는 마기를 몸에 새기고, 교리를 마음에 새긴다. 그렇기에 섣불리 감정에 휩쓸리지 않으니 공포는 낯선 감정이나 다름없었다.

한데 혈마교도들이 주춤거렸다.

위지혁의 신위도 놀라웠지만, 그의 뒤에서 한 몸처럼 움직이고 있는 진법의 기운이 범상치 않았다.

본능이 쉴 새 없이 경종을 울린다.

아니나 다를까 무당의 도인들이 도가의 경구를 읊조리며 발을 놀리자, 선기는 마치 비온 뒤의 죽순처럼 사방에서 솟구치기 시작했다.

"피해라!"

교도들을 관리하는 교정들이 비명을 지르듯 소리쳤다. 하나 선기가 극대화될수록 마기는 자연스레 사그라졌다. 천리를 따르는 기운이 역천의 기운을 정화하는 것 또한 천리가 아니겠는가.

"크흑!"

수십여 명의 교도가 제대로 검격을 나누지도 못한 채 짚단처럼 쓰러졌다. 교정은 황급히 교도들을 결집시킨 후 천중태극무무진을 노려봤다.

"무당말코들의 합격진이다! 저놈이 아니라 배후의 도인들을 노려라!"

무당의 제자라면 학도인이라고 해도 선기를 품은 절정의 무예를 지니고 있었다. 게다가 진법의 구성원이 모두 학도인인 것도 아니지 않던가.

수십 명의 혈마교도가 호선을 그리며 위지혁의 배후를

노렸다.

하나 위지혁은 혈마교도를 쫓는 대신 교도들의 수장인 교정에게 검을 겨눴다.

"마교도!"

"흥! 정파의 애송이 주제에!"

쌍검을 쥔 교정이 마기를 풀풀 풍기며 쇄도했다.

그 순간 위지혁의 배후에서 귀청을 찢을 듯한 비명이 여기저기서 울려 퍼졌다.

"크아아악!"

교정은 수하들의 떼죽음에 잠시 멈칫했다.

위지혁은 교정을 향해 망설임 없이 조양검법을 펼쳤다. 시간이 흐를수록 사상자는 늘어날 것이고, 그 대상은 친인이 될 수도 있는 노릇이다.

츠릉!

요란한 검명과 달리 검 끝은 현란하게 번뜩였다.

마치 어둠을 뚫고 솟구치는 태양처럼 사방으로 빛을 뿜어낸다.

이미 조양검법을 대성한 위지혁의 검은 교정이 미처 반응할 사이도 없이 목을 꿰뚫고 빠져나왔다.

"끄윽!"

위지혁은 쓰러지는 교정을 뒤로한 채 외쳤다.

"천룡맹을 도우러 갑니다!"

천중태극무무진이 부드럽게 회전하며 위지혁의 뒤를 쫓았다.

*　　　*　　　*

혈마교도가 무너졌을 때 암객과 혈객의 종적은 찾을 수가 없었다. 그들이 받은 명령은 천룡맹과 교전 후 자연스럽게 물러나는 것이었다. 그렇기에 무당파가 등장했을 때부터 그들은 이미 빠져나갈 틈을 찾고 있었다.

"오래 기다렸다."

암객과 혈객은 숲 속에서 들려온 반가운 목소리에 미간을 찡그렸다. 소로를 따라 몇 걸음을 옮기자 목소리의 주인공을 찾을 수 있었다.

암객의 수장인 암추는 다시 한 번 미간을 찡그렸다.

"소금 냄새가 나는군. 해남파인가?"

혈인은 빙긋 웃으며 한 마디를 내뱉었다.

"사내 냄새라고 하는 거야. 촌스러운 놈아!"

암추는 혈인의 도발을 가볍게 흘리며 해남파의 전력을 살폈다.

'사십 명 남짓. 그런데 기수식이 낯이 익어. 반상일월검

법을 흉내낸 것인가?'

암추의 본래 신분은 혈마교 외단 타격대 중 악명을 자랑하는 비혈대주였다. 그는 혈맥주 혈기량의 총애를 받는 수하로서 혈맥의 무고 또한 몇 번이나 드나든 경험이 있었다.

"교주의 아들이었던 자로군. 혈인이라고 했었지? 배교자가 되어 비린내 나는 섬놈들과 붙어먹는 건가?"

혈인은 자신의 신분을 과거형으로 지칭하는 암추를 보며 인정하지 않을 수가 없었다. 상대를 도발하는 능력은 암추가 몇 수 위였다.

"크흑!"

한데 그 순간 암객들이 지나온 길에서 장난기 가득한 웃음이 들려왔다.

"그런 너희는 썩어 문드러졌어야 마땅할 노괴물과 붙어먹은 거냐?"

암추는 눈을 가늘게 뜬 채 황급히 고개를 돌렸다.

상대의 도발에 발끈한 것이 아니었다.

기척 없이 배후에서 나타난 상대를 경계한 것이다.

한데 그 순간 상대에게서 기묘한 기운이 흘러나왔고, 그것은 이내 숲 전체를 휘감기 시작했다.

쏴아아아아아아아—

바람이 불 때마다 단전이 욱신거린다.

비공기를 부정하고, 소멸시킬 수 있는 유일한 기운.

그리고 그것을 가진 자.

암추는 씹어뱉듯이 한 마디를 내뱉었다.

“괴공.”

第十章
괴공이 왔다

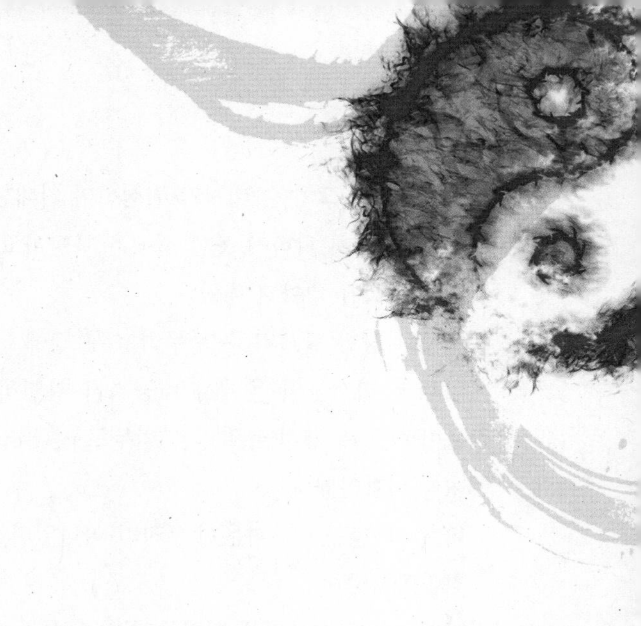

적운비는 빙긋 웃으며 암추를 향해 말했다.

"넌 암객. 그러니까 죽어라."

숲을 휘감았던 기운은 연못 바닥에 구멍이 뚫린 것처럼 맹렬하게 휘돌며 뭉쳐들었다.

적운비의 두 손에 안착한 혜검의 기운은 음과 양으로 나뉘어 전방으로 흘러나왔다. 손짓에 따라 대지가 요동을 치더니 이내 지진이라도 난 것처럼 갈라지기 시작했다.

쿠쿠쿠쿠쿠쿵!

"피해라!"

암추의 명령이 떨어지기 무섭게 암객과 혈객은 허공으로

몸을 날렸다. 그 순간 대지가 뒤집히며 거대한 구덩이가 만들어졌다. 미처 피하지 못한 혈객은 구덩이로 떨어졌고, 그 위로 흙더미가 쏟아져 내렸다.

생매장 당한 혈객의 수는 무려 스무 명에 달했다.

암객과 혈객들의 몸에서 비공기가 강렬하게 발산됐다. 적운비로 인해 생겨난 감정을 억누르고, 투기와 살기를 끌어내기 위함이었다.

하나 그들의 적은 적운비 혼자가 아니었다.

촤아아아악—

먼지구름이 회오리에 휘말린 것처럼 한순간에 흩어졌다. 먼지구름이 사라진 자리를 대신한 것은 혈인이었다. 그리고 해남파의 무인들이 그 뒤를 따랐다.

"파랑의 힘을 보여주마!"

본래 반상일월검은 하체를 고정시키고 전사경을 통해 발검하는 것을 묘리로 삼는다. 하나 해남파는 반상좌도검으로 개량하면서 발검술에 대한 고정관념을 바꿔버렸다. 해남파의 무인들은 두 발을 땅에 고정한 것처럼 미끄러졌다. 한데 그 쾌속함은 경공을 펼치는 것과 다르지 않았다. 그럼에도 불구하고 무인들의 자세는 안정적이었고, 검을 쥔 손은 언제든 발검을 준비하고 있었다.

혈인은 검을 역수로 뽑은 채 아래에서 위로 그어 올렸다.

암객은 변칙적인 한 수에 대응하지 못한 채 피를 흘리며 절명했다.

해남파의 검수들이 동시다발적으로 반상좌도검을 펼쳤다. 똑같은 검법이지만, 펼치는 사람에 따라 제각기 다른 모습을 보였다. 하나 반상좌도검의 변칙은 한 번 본다고 해서 익숙해질 만큼 녹록한 것이 아니었다.

암객들은 혈객을 미끼로 하여 숲을 빠져나가려 했다. 하지만 수십 년간 혈마교를 향해 칼을 갈아온 해남파의 검수들은 그들의 도주를 결코 용납지 않았다.

'크흑, 어째서 일이 이렇게…….'

암추는 귀식대법을 펼친 채 숲의 그림자에 몸을 숨기고 있었다. 비혈대주 시절에 익힌 보법 덕분에 홀로 빠져나온 것이다.

그는 겹겹이 시야를 가리는 나뭇잎 사이로 암객과 혈객들의 죽음을 지켜봤다.

'괴공이 올 줄은 몰랐는데…… 맥주께 이 일을 어떻게 고해야 한단 말인가.'

그는 애써 마음을 가라앉힌 채 귀식대법을 이어갔다. 어떻게 해서든 살아남아 괴공의 참전을 혈기량에게 전해야 했다.

하지만 그의 결심은 삽시간에 수포로 돌아갔다.

귓가에 스며든 한 마디가 원인이었다.

"더 멀리 도망가지 그랬어?"

암추는 괴공의 나직한 목소리에 전신을 부르르 떨었다. 그는 찰나간 출수와 도주를 고민하다가 불현듯 기이한 점을 눈치챘다. 머리로 생각할 뿐 몸은 생각대로 따라주지 않았다.

그뿐 아니라 점점 호흡하기조차 힘들어졌다.

혜검의 기운이 암추의 비공기를 정화시킨 채로 몸속에 머물렀기 때문이다.

"아혈은 짚지 않았어. 그러니까 나랑 대화를 나눠보는 게 어때?"

"크흑, 원하는 것이 무엇이냐?"

적운비는 질문하는 대신 암추를 절망케 하는 한마디를 흘렸다.

"네가 어떤 선택을 하든지 너는 죽어. 거짓말 하기는 싫으니까 미리 말해 줄게."

암추의 눈에 핏발이 섰다.

"뭐라? 정파의 대협이라는 놈이 살생을 그리 함부로 입에 담다니! 흥! 정파의 기강이 땅에 떨어져 더럽혀진지 오래구나."

적운비는 개의치 않았다.

"너는 나쁜 놈이잖아. 지금껏 살아오면서 얼마나 많은 살인을 했지? 얼마나 많은 패악을 부렸지? 너 원래 비혈대의 대주라며. 악명이 자자하더라."

"그걸 어떻게……."

"혈인이 말해 주더라. 너 쓰레기라고."

암추는 발악을 하듯 소리쳤다.

"나만 나쁘냐? 정파에도 위선적인 악질이 수두룩해. 그런 놈과 내가 다른 점이 무엇이냐?"

적운비는 무심한 표정으로 암추의 시선을 받아 넘겼다.

"걔들은 그래도 너처럼 대놓고 나쁜 짓을 하지는 않잖아."

"그런 말도 안 되는 이유로…… 끄아아아악!"

암추는 말을 채 끝내지도 못한 채 비명을 내질렀다.

몸속으로 파고든 혜검의 기운이 강제로 비공기를 정화시키는 과정에서 생성된 통증이었다. 그것은 분골착근과 같은 육신의 고통과는 달랐다. 마치 영혼이 갈기갈기 찢기는 듯한 고통이었다.

"교주는 어디에 있지?"

"그걸 내가 어찌 알겠느냐!"

"비혈대주라며. 교주의 동생인 혈맥주 혈기량이 가장 아끼는 수하 중에 한 명이 비혈대주 아니야?"

"모른다!"

적운비는 입꼬리를 올렸다.

"여기 없군. 혈마교에 남았나 보지?"

암추의 눈동자가 미세하게 흔들렸다.

"마맥주가 신마흑주를 점거했나?"

적운비의 말에 암추는 부들부들 떨면서도 힘겹게 말을 이었다.

"흥! 마맥은 멸망한 것이나 다름없다. 마맥주와 수하 몇몇이 도망쳤을 뿐이야."

"정말?"

"그렇다!"

암추가 발악을 하듯 외쳤다.

적운비는 미소를 띤 채 암추의 정수리를 짚었다.

"그래, 믿어 줄게. 잘 가라."

콰직—

암추는 비명도 지르지 못한 채 절명했다.

이것이 적운비가 해 줄 수 있는 최대한의 배려였다.

"어떻게 됐어?"

적운비는 표정을 굳힌 채 말했다.

"혈마교주가 혈마교에 있어."

혈인은 대수롭지 않게 받아들이며 고개를 끄덕였다.

"어쩐지 보이지 않더라니…… 쳇! 겁이라도 먹은 건가?"

적운비는 고개를 내저었다.

"아니, 정마대전이라는 땅따먹기보다 중요한 게 있어서겠지."

혈인은 입꼬리를 올렸다.

"잘됐네. 교주가 없으면 우리가 승리하는 건 시간문제야."

적운비는 나직이 한 마디를 내뱉었다.

"그렇겠지. 하지만 교주는 죽을 거야."

*　　*　　*

쾅!

제갈수련이 주먹을 내리치는 순간 간이 탁자가 반으로 쪼개지며 튕겨 나갔다. 하지만 그 누구도 그녀를 탓하지 않았다. 막사 안에 모인 사람들은 적운비를 보며 표정을 굳힐 뿐이었다.

"말도 안 돼! 너 제정신이 아니구나."

천룡맹의 태상, 무당파의 천위를 대상으로 하기에는 너무도 무례한 언사였다.

하지만 이번에도 사람들은 그녀를 탓하지 않았다.

심정적으로 공감했기 때문이다.

적운비는 제갈수련의 격렬한 반응에도 표정 한 점 변하지 않았다.

"나는 지극히 멀쩡해. 그리고 내 뜻을 굽힐 생각은 조금도 없어."

지금껏 침묵을 고수하던 벽천자가 입을 뗐다.

"정녕 혈마교로 가겠다는 것이냐?"

사람들은 이미 들었던 이야기지만, 고개를 절레절레 내저으며 혀를 찼다.

"예, 가야 합니다."

무격자가 머리카락을 긁적이며 나섰다.

"네 말처럼 혈마교주가 혈마교에 있다고 치자. 그렇다고 그자가 혼자 있을 리가 만무하지 않느냐. 네 능력을 모르는 것은 아니지만, 너무 위험한 일이야. 혈마교주는 사도련주 오확과는 급이 다르다! 현 강호에서 혈마교주와 단독으로 붙어 승리를 자신할 수 있는 무인이 몇이나 되겠느냐?"

적운비는 고개를 끄덕여 무격자의 말에 수긍했다. 하지만 물러서지 않았다.

"급이 다르기 때문입니다. 오확을 포획했을 때 나타난 명객은 불완전했습니다. 하지만 오확에게서 비공기를 회수하고 한층 더 성장했지요. 조금 더 천괴처럼 되어 버렸단 말입니다. 한데 오확보다 강한 혈마교주가 비공기를 뺏긴다고 생각해 보세요. 시간이 흐르면 천괴는 끝없이 강해질 것입니다. 그가 제게 관심을 보이고 있는 이 시기가 아니면 끝을 내기란 불가능할지도 모릅니다."

무인들은 각자 생각에 잠겼다.

적운비의 무위는 나이를 초월한 지 오래였다.

화산쌍선이나 검총주라고 해도 적운비보다 강하다고 장담할 수는 없을 것이다. 하물며 적운비는 매순간 더 성장하고 있지 않은가.

'천괴의 상극이 바로 괴공인데…….'

적운비는 단호한 어조로 말을 이었다.

"혈마교주의 수하들이 있다고요? 상관없습니다. 차라리 암객과 혈객이 이곳에 집중된 이상 혈마교로 쳐들어가는 것이 오히려 쉬운 방법이 될 수 있습니다."

무인들은 한숨을 내쉬거나, 혀를 내둘렀다.

적운비의 말을 들을수록 조금씩 수긍하게 되는 것을 부정할 수가 없었다.

"제가 하겠습니다."

무한자와 무격자를 비롯한 무당의 존장들은 적운비의 결심을 꺾기 위해 여러 가지 이유를 들었다. 심지어 제갈수련은 눈물까지 글썽거리며 만류했을 정도였다.

"천괴의 은신처가 만약에 가깝다면 어찌할 것이냐? 명객만 상대하는 것이 아니라 천괴와 그 수족들까지 나타난다면 중과부적이다. 온 무림이 대적해도 승패를 장담할 수 없지 않느냐?"

"천괴는 혈마교에 없습니다. 상당히 먼 곳입니다. 아마 사도련에 있을 가능성이 높습니다."

"어째서?"

적운비는 빙긋 웃으며 말했다.

"천괴가 혈마교에 있었다면 혈마교주는 지금처럼 움직이지 못했을 겁니다. 절대로!"

잠시 후 생각지도 못한 한 마디가 들려왔다.

"나도 가마."

적운비는 눈을 휘둥그레 떴다.

"사백조께서 어찌……."

벽천진인의 주름진 눈매가 호선을 그렸다.

"역천의 기운을 정화하고, 강호의 정기를 바로 세우는 일이다. 내가 함께하지 못할 이유가 있더냐?"

"하지만 천자산 밖에는 아직도 혈마교의 전력이 상당합니다. 한데 사백조께서 빠지시면……."

벽운진인이 빙긋 웃으며 나섰다.

"그건 걱정하지 않아도 된다. 천룡맹에서 혈마교의 전력이 이곳에 집중됐다는 것을 파악했다. 이제 사방으로 분산시켰던 정파의 무인들이 집결할 것이야."

벽천진인은 담담한 어조로 말을 이었다.

"천중태극무무진을 익힌 제자들 또한 함께할 것이다. 지금껏 천괴를 상대하기 위해 수련하지 않았더냐. 네 생각이 옳다면 함께 가는 것이 좋을 듯싶구나."

적운비는 탄식하며 말했다.

"좋지 않습니다. 사지로 걸어 들어가는 형국입니다. 아닌 말로 사백조와 저는 어떻게 해서든 빠져나올 수가 있겠지요. 하나 그들은 그렇지 못할 겁니다."

평소의 벽천진인이었다면 이쯤에서 물러났을 것이다. 그러나 오늘의 벽천진인은 단호한 어조로 적운비를 향해 말했다.

"일원에서 음과 양이 갈라진 것은 각기 따로 행하라 함이 아니었다. 음의 역할과 양의 역할이 다르지만, 따로는 함께하여 상생의 이치를 따르게 함이었지. 하늘이 무거운 짐을 주었다면 분명 손을 보태줄 인연 또한 주었을 것이다. 깨달음은 홀로 행하나, 그 과정은 사람과 사람이 기대는 인(人)이 아니더냐?"

구구절절 옳은 말이다.

적운비는 대꾸하지 못했지만, 수긍한 것은 아니었다.

"또한 네게 들은 이야기를 종합해 보면 혈마교주의 곁에도 명객이 있을 것은 자명한 일, 하면 너 혼자 교주와 명객을 상대하겠다는 것이냐?"

결국 적운비는 고개를 숙이지 않을 수가 없었다.

벽천진인을 존경하고, 동문을 걱정하는 마음에서 비롯된 행동이었다. 하나 적운비가 그들을 아끼는 만큼 그들 또한 적운비를 아끼는 것 또한 사실이었다.

"사백조의 뜻에 따르겠습니다."

*　　*　　*

해남파의 장문인은 천룡맹에서 귀빈 대접을 받고 있었다. 그렇기에 천자산에 배치된 해남파의 수장은 파대군이라는 중년인이었다.

그는 해귀왕에게 청해 해남파의 검수들을 모았다.

그리고 해귀왕과 마주앉아 담담한 어조로 한마디를 내뱉었다.

"혈인 남곤에게 대검좌의 자리를 이양하려 합니다."

해귀왕의 눈매가 꿈틀거렸다.

하나 가장 놀란 사람은 멀뚱히 서 있던 혈인이었다.

'대검좌라니?'

해남파의 대검좌(大劍座)는 특별한 자리였다. 무당파의 천괴만큼 대단하지는 않았지만, 문파의 법규에서 상당 부분 자유로웠고, 젊은 검수들을 이끄는 핵심 직책이었다.

해귀왕은 혈인은 힐끔 쳐다본 후 파대군을 향해 강경한 한마디를 흘렸다.

"장문인이 계시지 않은 자리에서 논할 이야기가 아니야. 게다가 지금은 정마대전 중이라는 것을 잊은 겐가?"

"장문인께서는 어르신의 의중을 따르겠다고 하셨습니다. 그리고 지금이기에 더더욱 이양하는 것이 옳습니다."

해귀왕은 고개를 내저으며 침음을 흘렸다.

"남곤은 아직 어려. 또한 혈인으로 보냈던 세월에 대해 의구심을 품고 있는 자들이 있네. 남곤에게 너무 무거운 짐을 지우려 하지 말게."

파대군은 빙긋 웃으며 말했다.

"제가 대검좌에 자리에 올랐던 게 남곤보다 두 살 어릴 때였습니다. 나이는 문제가 되지 않습니다."

해귀왕은 남곤을 아낀다.

장문인의 외손주면 자신에게도 친족이 아닌가.

그러나 대검좌의 자리는 그리 녹록치 않았다.

"해남검수의 수장인 대검좌는 대검좌가 앉는 것이 아닙니다. 장차 대검좌가 될 사람이 앉는 것이지요. 사태천이

군림하던 시대가 종극을 고하고 있습니다. 이제 우리 세대는 다음 세대에게 의무와 권한을 넘겨줘야 한다고 생각합니다."

해귀왕은 눈을 가늘게 뜨고 파대군을 뚫어져라 쳐다봤다. 파대군은 해귀왕의 눈빛을 정면으로 마주했지만, 시간이 흐를수록 슬그머니 시선을 피했다.

"자네, 아이들이 혈전을 벌이는 동안 후방에서 지휘한 것이 불만이군."

"허험, 무슨 말씀을 하시는 겁니까?"

"흥! 애들 뒤치다꺼리 하기는 귀찮고, 한바탕 제대로 놀아보고는 싶고. 그래서 이러는 것이 아닌가?"

결국 파대군은 폭소를 터트리며 말했다.

"하하하! 부정할 수가 없군요. 하지만 그렇다고 해서 능력이 없는 자에게 떠넘기려는 것은 아닙니다. 남곤은 지금껏 괴공과 더불어 여러 전투를 겪었고, 이번에도 검수들을 이끌고 천자산에 쳐들어온 암객과 혈객들을 전멸시켰습니다. 그러니 겸사겸사라는 좋은 말처럼 행하면 되는 것이지요."

해귀왕은 침음을 흘렸다.

사실 파대군의 말은 틀리지 않았다. 혈인의 무위는 괴공과 어울린 후부터 급격하게 성장했다. 게다가 해귀왕은 천자산에서 머무는 동안 혈인을 비무 상대로 삼아 수련하지 않았던가. 하지만 대검좌라는 자리는 능력만으로 쟁취할 수 있는 자리가 아니었다.

'자칫하면 검수들이 편을 나눠 다툴 수도 있는 노릇이야.'

한데 말없이 지켜보던 검수들이 하나둘 씩 앞으로 나섰다.

"남곤은 해남도의 사람입니다. 능력이 된다면 하지 못할 이유가 없다고 생각합니다."

"저도 동의합니다."

해귀왕은 혈인을 향해 물었다.

"할 수 있겠느냐?"

혈인은 볼을 붉혔지만, 짧고 굵게 말했다.

"네."

"좋다. 하면 장문인을 대리하여 대검좌의 이양을 허락하겠네."

파대군은 자그마한 목패를 건넸다.

"거창한 이양식은 기대하지 말거라. 지금부터 네가 대검좌다."

"파랑의 각오를 잊지 않겠습니다."

"좋다!"

파대군은 홀가분한 표정으로 처소를 떠났다.

당장이라도 천룡맹의 선발대에 합류하려 할 것이 분명했다.

해귀왕은 파대군의 뒷모습을 보며 헛웃음을 흘렸다.

"하여간 호기로움은 해남 제일이로다."

한데 혈인은 파대군과 인사를 하며 지나치는 일련의 도인들에게서 눈을 떼지 못했다.

그는 해귀왕을 향해 포권을 하며 읊조렸다.

"해령사수와 함께 하산하는 것을 허락해 주십시오."

해귀왕은 저 멀리 보이는 적운비를 바라봤다. 그는 이미 무당파를 통해 적운비의 계획을 전해 들은 상태였다.

"괴공을 따르려는 게냐?"

혈인은 다부진 표정으로 말했다.

"네, 약조한 바가 있습니다. 그리고 이번 일에는 저 역시 함께해야 마땅하다고 생각합니다."

결자해지라, 부자간의 일을 정리하겠다는 뜻이라.

해귀왕은 해령사수를 향해 물었다.

"너희들의 뜻은?"

해령사수는 파대군을 지지하며 나섰던 검수들이다.

그들은 이구동성으로 외쳤다.

"대검좌의 뜻이라면 함께해야 마땅하다고 생각합니다."

해귀왕은 고개를 끄덕이며 당부의 말을 전했다.
"무사히 돌아오너라."

*　　*　　*

적운비는 등 뒤에서 전해지는 온기에 옅은 미소를 그렸다. 천자산을 내려오고 반나절이 지났다. 하나 천중태극무무진의 구성원들은 사안의 중대함을 인지했는지 과묵하기만하다. 그래서 등 뒤에서 전해지는 숨소리가 더욱 진하게 전해진다.

"그녀는 괜찮다고 했어요."

진예화의 말에 적운비는 대꾸하지 않았다.

그녀 역시 대답을 기대하지 않았는지 담담한 어조로 자신의 말을 이어갔다.

"내가 꼭 데리고 돌아올 거라고 약속했어요. 그녀는 나를 믿겠다고 했어요. 승부는 그 후에 가리는 걸로 타협도 봤고요."

적운비는 진예화의 마지막 말에 빙긋 웃다가 이내 쓴웃음을 흘렸다.

제갈수련은 천자산에서 헤어지기 직전까지도 눈물을 보이지 않았다. 눈가에 그렁그렁 맺힌 눈물이 흘러내릴까 참고 또 참았다.

대업에 지장을 줄까 두려웠을 것이다. 하지만 그만큼 함께하지 못하는 것에 대한 아쉬움이 컸을 게다.

“그래, 함께 돌아가자.”

적운비는 나직이 한 마디를 흘리며 진예화의 손을 감쌌다.

한데 그 순간 적운비의 앞으로 솟구치는 그림자가 있었다.

“앗!”

진예화가 황급히 검배에 손을 얹었다.

적운비는 놀란 진예화를 달래며 미간을 찡그렸다.

“어르신께서는 꼭 이렇게 등장해야겠습니까?”

“크흠, 대업을 앞두고 정분난 것들에 대한 작은 복수라고나 하자꾸나.”

애써 토라진 표정을 지으며 돌아서는 노인의 정체는 다름 아닌 검총주였다. 무당파의 제자들이 천자산을 내려왔을 때 검총주는 짐을 싸놓은 상태였다.

‘이런 식으로 공을 나누자는 거지?’

적운비는 검총주의 뒷모습을 보며 제갈소소를 떠올렸다. 검총주는 검총을 무너트린 천괴에 대한 복수를 갈망하는 사람이 아니던가. 제갈소소는 검총주를 이용해 대업이 성공했을 공을 나누려는 것이다.

'물론 실패해도 네가 손해 보는 것은 없을 테고.'

진예화는 검총주를 보며 고개를 갸웃거렸다.

"원래 저런 분이 아니시라고 들었는데. 마치 소원성취를 하신 분처럼 신나하시네요."

적운비는 빙긋 웃으며 진예화를 잡아끌었다.

"어떤 의미로는 소원성취가 맞을 거야. 가자."

무당의 제자들은 중경을 지나 사천성 동부로 진입했다. 중경은 천룡맹과 혈마교의 완충지대였다. 혈마교의 영향력이 강할 뿐 교리로 지배당하는 곳은 아닌 셈이다.

하지만 사천에는 혈마교의 총본산이 존재했다.

"저는 여기까지입니다. 더 진입하면 저 같은 하수는 살아 돌아오기 힘들거든요."

하오문의 연락책은 미안한 표정을 지었다.

하지만 그를 탓하는 사람은 없었다.

"삼 일 동안 자네에게 받은 호의는 잊지 않을 걸세."

벽천진인의 말에 연락책은 공손한 표정으로 허리를 굽혔다.

"부디 좋은 결과가 있으시길."

연락책은 떠났지만 행렬은 쉬이 이동하지 않았다.

잠시 후 진예화가 흑의경장을 입고 숲에서 걸어왔다.

"예쁜데?"

적운비의 말에 진예화는 볼을 붉혔다.

"너도 잘 어울려."

그녀의 말처럼 적운비 역시 흑의경장을 입고 있었다. 그뿐 아니라 벽천진인을 비롯한 모두가 혈마교의 무복으로 변복한 상태였다.

"척후조가 돌아올 때까지 상황을 정리하지요."

적운비의 말에 무당파의 제자들이 모여들었다.

"혈마교를 이끄는 혈기량은 마령장과 혈혼장 모두 보이지 않았다는군. 맹주가 참전했으니 정마대전보다 눈앞의 일에 집중해야 할 것이야."

벽천자의 말에 제자들이 고개를 끄덕였다.

반면 소대령은 고개를 갸웃거리며 중얼거렸다.

"그럼 마령장과 혈혼장은 어디에 있는 거지?"

위지혁은 소대령을 타박하며 말했다.

"멍청아! 혈기량이 어딘가에 숨겨두었겠지. 어차피 직속수하들한테 명령할 때만 꺼내면 되니까. 혈마교를 이끌려면 마령장이 필요해. 하지만 그걸 외부에 드러내면 교주가 없다는 것이 들통나잖아. 그리고 교주는 혈혼장을 지니고 혈맥에게 명령을 내리는 거고. 운비가 했던 말은 어디로 들은 거냐?"

"헤헤."

잠시 후 혈인이 해령사수와 함께 돌아왔다.

"마공을 익힌 교도들은 모두 정마대전에 참가했답니다. 혈마교의 교의를 입은 이상 본산까지 접근하는 데에는 무리가 없을 겁니다."

"하기는 누가 이 시점에 기습을 생각할까요?"

한데 혈인이 목소리를 낮추며 말을 이었다.

"이상한 소리를 들었습니다. 소집령을 내렸을 때 집결지는 본산이 아니었답니다."

제자들은 고개를 갸웃거렸다.

"본산에 모아 일장연설과 함께 사기를 끌어올리는 것은 기본 중의 기본이 아닌가."

벽천자는 나직이 읊조렸다.

"혈마교의 본산에 일이 생겼군."

적운비는 입꼬리를 올리며 말했다.

"구경하러 갑시다."

* * *

혈인의 정보대로 혈마교가 위치한 천마산까지의 여정은

탄탄대로였다.

천마산 주변은 온통 혈마교의 깃발로 가득했다.

그리고 관도를 통제하는 초소에는 대단위의 마교도들이 운집한 상태였다.

적운비는 관도를 보며 말했다.

"이건 피할 수 없겠네요."

벽천진인을 비롯한 제자들은 고개를 끄덕였다.

"돌파해야겠구나."

"명적이라도 날린다면 삽시간에 알려질 겁니다. 한 명도 빠짐없이 처리해야 합니다."

무격자의 말에 벽천자와 적운비는 시선을 교환했다.

잠깐의 전음을 주고받은 후 벽천자가 나섰다.

"천중태극무무진으로 부딪친다. 내가 조율을 하마. 벽기와 무격, 그리고 해남문도들은 놈들의 배후를 점한다. 검총주께서 빠져나가려는 마교도를 상대해 주시구려."

검총주는 고개를 끄덕이는 것으로 대답을 대신했다.

"명적은 제가 맡겠습니다."

명적(鳴鏑)은 쏘는 순간 바람을 타고 경고음을 내뱉는다. 하나 제운종을 대성한 적운비라면 결코 놓치지 않으리라.

"바로 가시지요!"

위지혁을 선두로 수십여 명의 무당제자들이 구릉 아래로

내달렸다.

마교도들의 시선이 집중됐다.

그 틈을 노려 검총주를 비롯한 일련의 제자들은 관도의 좌우로 흩어졌다.

"적이다!"

망루에 올라 있던 마교도들이 단궁을 꺼냈다.

명적을 쏘려는 게다.

쉬쉬쉬쉬쉬쉭—

화살 십여 발이 활시위를 떠나 솟구쳤다.

하지만 허공에서 내리꽂힌 한 줄기 경력에 화살들은 가루가 되어 흩어졌다.

적운비는 명적을 처리한 후 마교도가 운집한 곳을 향해 십여 장을 내질렀다.

콰콰콰콰쾅!

마교도들은 개미 떼처럼 흩어졌다.

그러나 그 사이 무당의 제자들은 진형을 갖추고 마교도의 전면에 집결한 상태였다.

초소장 유각은 대노하여 소리쳤다.

"크흑! 어디서 온 놈들이냐?"

하나 위지혁과 소대령은 대답 대신 검을 내질렀다.

혈맥의 일원이며 마도의 고수인 유각은 마기를 흩뿌리며

쌍장을 휘돌렸다.

퍼퍼퍼퍼퍼퍽!

맹렬한 기운을 품은 마기는 허공을 두드릴 뿐!

위지혁과 소대령의 검은 기이하게 꺾이며 유각의 사각을 파고들었다.

"끄어억!"

유각은 목과 아랫배가 동시에 꿰뚫린 채 허물어졌다. 위지혁과 소대령은 다음 상대를 찾기 위해 주변을 살폈다. 하지만 짧은 순간 대부분의 마교도는 죽거나 부상을 입은 채 쓰러지기 직전이었다.

"이동합니다!"

해령사수가 천마산 초입에 남기로 했다.

적운비를 비롯한 무당제자들은 경공을 펼치며 산을 오르기 시작했다.

일각 후 혈마교의 총본산이 나타났다.

정문에는 더 많은 마교도가 운집해 있었다.

마교도의 의복과 기도만 살펴도 강함이 느껴졌다.

"돌파는 힘들겠는데요."

혈인이 우측으로 이어진 소로를 가리켰다.

"절벽으로 올라갔다가 내려가는 것이 빠를 겁니다."

"경계를 서지 않겠는가?"

무격자의 물음에 혈인은 고개를 내저었다.

"인적이 드물고, 아는 사람이 아니면 갈 수 없는 곳입니다. 예전에 제가 놀던 곳입니다. 교주의 아들이 드나들 만큼 외진 곳이지요."

제운종이라면 절벽을 오르내리는데 문제가 없을 것이다.

무당제자들은 이동할 채비를 했다.

한데 적운비는 미간을 찡그린 채 정문 너머를 노려봤다.

"비공기가 느껴집니다. 감도로 보아선 천괴의 제자예요. 혈마교주가 분명합니다."

"혼자더냐?"

적운비는 아랫입술을 잘근잘근 씹으며 고개를 갸웃거렸다.

"모르겠어요. 다만 오확보다 훨씬 윗줄인 것은 확실하네요."

벽천자는 적운비의 단독 행동을 허락하며 당부의 말을 덧붙였다.

"상황만 살피거라. 절대 무리하면 안 돼."

적운비는 고개를 끄덕인 후 앞으로 나아갔다.

양의심법은 음양의 기운을 조율하여 조화를 추구한다. 그 과정에서 발생하는 무궁무진한 묘용들은 공(攻)이 되기도 하고, 수(守)가 되기도 하고, 기(奇)가 되기도 한다.

적운비는 제운종을 펼치며 양의심법을 극성으로 운용했다. 그 결과 빛을 왜곡하고, 바람의 흐름에서 벗어나 찰나간 모습을 감췄다. 그리고 찰나의 순간을 활용하여 엄청난 거리를 나아갔다.

몇 개의 전각을 지나자, 저 멀리 혈교주가 있을 천마전이 모습을 드러냈다. 비공기는 넘실거리는 곳이다. 그 너머에 높다란 절벽이 시야에 들어왔다.

'혈인이 말한 곳이군.'

그 순간 엄청난 비공기가 솟구쳤다. 그러더니 천마전 뒤편에 자리했던 망루 하나가 망치로 얻어맞은 것처럼 반으로 꺾이더니 튕겨 나갔다.

콰콰콰쾅!

적운비는 허공에서 발을 굴렀고, 그 즉시 신형이 엿가락처럼 늘어지며 전방으로 날아갔다.

* * *

적엽(赤葉)이 빼곡한 나무는 기름을 칠한 것처럼 검붉은 색으로 번들거렸다. 그리고 그 중심부에 손바닥을 대고 있는 사람은 다름 아닌 마맥의 맥주 마태룡이었다.

"교주, 힘자랑이 과하시구려."

눈앞에서 망루 하나가 튕겨 나가는 모습을 본 사람의 목소리치고는 담담했다. 하지만 마태룡의 눈매는 학질에 걸린 사람처럼 연방 파르르 떨리고 있었다.

"네게 남은 선택지는 없다. 신마흑주에서 손을 떼고 목을 내밀거나, 죽지도 살지도 못한 채 평생 고문을 당하는 것이다."

혈마교주 혈천휴의 얼굴은 술을 마신 것처럼 새빨갛게 달아올라 있었다. 그는 극도로 분노했고, 자신의 감정을 숨기지 않았다.

마태룡은 아예 두 손으로 신마흑주를 껴눴다.

'수하들도 모두 잃고, 여기까지 몰렸구나. 믿을 것이라고는 진짜인지, 가짜인지도 모를 신마흑주 뿐이야. 내 신세도 참 처량하게 되었군.'

하나 혈마교주를 협박하는 목소리만은 우렁찼다.

"크큭, 교주를 길동무로 삼고 싶었지만, 이놈이 더 만만하구려. 어디 한 번 망루를 날려 버린 힘을 사용해 보시지!"

혈마교주는 입매를 파르르 떨며 말했다.

"혈맥과 마맥으로 나뉘었으나 뿌리는 마교다. 한데 네놈이 마교의 성물인 신마흑주로 나를 협박해? 그러고도 네놈이 마교의 피를 이었다고 할 수 있느냐?"

마태룡 또한 지지 않았다.

"흥! 좋게 말하려 했더니 적반하장도 유분수군! 혈마교주의 교주라는 자가 천괴의 수족을 자처하다니! 네놈이야말로 당장 교주 자리에서 물러나 꺼지거라!"

교도들이 듣는다면 경악을 할 만한 소리였다.

하지만 마교의 무인들은 모두 혈기량을 따라 천룡맹으로 향하지 않았던가. 혈천휴와 함께 마태룡을 둘러싸고 있는 마인들은 모두 혈맥에 속해 있었다.

혈천휴는 찢어발길 듯한 서늘한 눈으로 마태룡을 노려봤다. 그러면서도 비공기를 천천히 사방에 흘려내고 있었다.

"마지막이다. 당장 물러나라."

마태룡은 혈천휴의 경고에 오히려 자신감을 가지게 되었다.

사면초가다.

빠져나갈 곳도 없고, 지원도 없다. 그러니 굶어죽더라도 신마흑주를 붙잡고 버텨야 했다.

'네놈은 마교의 후예를 자처했으니 신마흑주를 망가트린다면 제 목을 스스로 조르는 꼴이 될 것이야.'

한데 그 순간 푸른 하늘에서 묵빛의 벼락이 내리꽂혔다.

쩡!

번쩍거리는 빛과 함께 대지를 강타한다.

그리고 빛이 사라졌을 때 일인일목(一人一木)은 흔적도 없이 사라진 후였다.

혈천휴는 눈이 찢어져라 신마흑주가 있던 곳을 쳐다봤다. 그곳에는 기묘한 분위기의 사내가 팔짱을 낀 채 서 있었다.

"무, 무슨 짓이냐?"

사내는 천괴의 명으로 혈마교주를 감시하던 명조였다. 그의 목소리 역시 적운비와 만났을 때와 달리 굵고, 거칠었다. 마치 오확을 감시하던 명사의 목소리처럼 들렸다.

"괴공이 왔다."

그러나 혈천휴의 얼굴은 점점 더 일그러졌다.

마교의 정통성을 증명하려면 명분을 만들고, 권위를 세워야 했다. 수십 년을 투자한 끝에 교도들은 신마흑주를 믿게 되었고, 교주의 위상 또한 하늘에 닿을 것처럼 굳건하게 변했다.

한데 그 모든 세월이 수포로 돌아간 것이다.

"감히! 감히!"

혈천휴는 분노를 가득 담아 비공기를 일으켰다.

하나 그가 공세를 취하기 직전 배후에서 희미한 한 줄기 바람이 일어났다. 그리고 그것을 인지하는 순간 해일처럼 정순한 기운이 몰아쳤다.

쿠쿠쿠쿠쿵!

적운비가 모습을 드러낸 것이다.

그리고 그의 목표는 명조가 아닌 혈천휴였다.

'오확처럼 쉽게 내줄 수는 없지!'

第十一章

조화경(造化經)

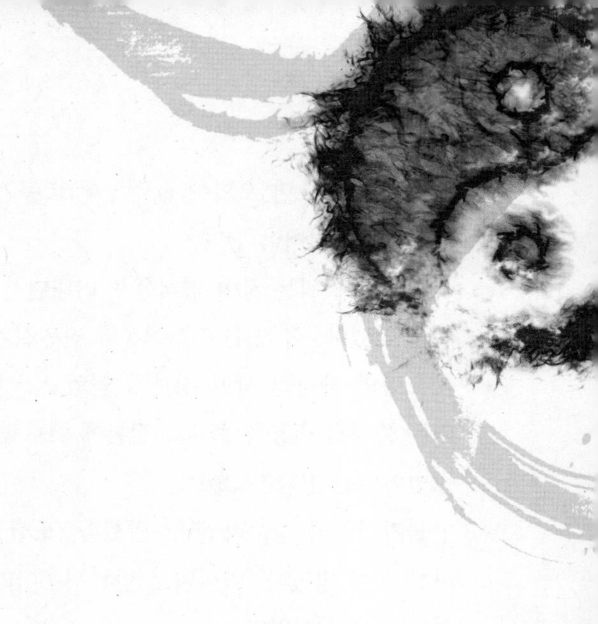

명조의 목적은 불을 보듯 뻔했다.

혈천휴의 비공기를 회수하려 할 것이다.

'막는다! 막을 수 없다면 죽인다!'

천괴가 제자들에게 나눠 준 것은 검천위를 만나기 전까지 지니고 있던 진원진기일 터였다.

적운비는 오확의 일을 겪었을 때 결코 납득할 수 없었던 의문이 있었다.

'왜? 왜 천괴는 비공기를 수거해야 했나.'

이제 천괴와 비공기는 떼려야 뗄 수 없는 관계였다.

천괴가 비공기고, 비공기가 천괴인 셈이다.

마음만 먹으면 오확에게 주었던 비공기 정도는 금방 만들어 낼 수 있어야 했다.

하지만 천괴는 굳이 명객을 드러내면서까지 오확의 비공기를 탐냈다. 적운비는 그 이유를 진원진기에서 찾았다.

소림의 불경을 살펴 정보를 얻었고, 아미파가 도둑맞았다는 불경의 내용을 토대로 결론에 이르렀다.

반야만륜겁(般若萬輪劫).

불가기공의 정수라 불릴 만했다. 또한 도가기공과도 흡사한 점이 많았다. 그야말로 만류귀종이라는 한 단어로 표현이 가능할 터였다.

반야만륜겁은 불가의 무공이지만, 음양의 조화를 통해 묘용을 드러냈다. 정(正)이 강해지면 마(魔)를 북돋고, 마가 융성하면 정에 힘을 실어준다. 어느 한쪽에 치우침이 없게 하여 무용(無用)으로 만들어 버리는 것이다.

그러니 반야만륜겁은 천괴가 비공기를 더하는 만큼 강력해졌다. 결국 천괴는 반야만륜겁의 묘용을 역으로 이용했다. 자신의 진원진기를 일부러 배출한 것이다. 마의 기운이 약해졌으니 정의 기운 또한 사그라진다.

천괴는 비록 많은 진신내력을 잃었으나, 신체의 붕괴에서 벗어날 수 있게 되었다.

반야만륜겁을 거둬 금선강기를 얻었으니 다음 행보는 불

을 보듯 뻔했다.

제자들에게 나눠 준 진원진기를 거둬들일 때였다.

'그 진원진기의 대부분을 받아들인 것이 혈마교주! 절대 놓칠 수 없어!'

적운비의 뇌신회룡포가 나선을 그리며 꽂혀 들었다.

하나 혈천휴는 콧방귀를 뀌며 쌍장을 내질렀다.

콰콰콰콰쾅!

가볍게 내지른 쌍장에 뇌신회룡포가 상쇄됐다.

혈천휴는 그 사이 검을 뽑아 들고 갈지자로 움직였다. 수십여 개의 잔영이 번뜩이는 가운데 시야가 온통 묵빛으로 물들었다. 과연 비공기가 없더라도 천하에 손꼽힐 만한 무위였다.

"죽어라!"

적운비는 황급히 뒤로 물러섰다.

하지만 혈천휴의 검은 그림자처럼 적운비를 쫓았고, 마침내 검극이 명치를 찌르려는 순간이었다.

"큭!"

적운비는 오른 손끝으로 검극을 밀쳤다.

작은 힘으로 만들어 낸 반동으로 몸을 회전시켰다. 그것만으로도 만변약수행이 발동됐다. 혈천휴의 경력을 수십

배로 부풀려 돌려준 것이다.

콰쾅!

적운비는 쉴 틈을 주지 않고 쌍장을 연이어 내질렀다. 평소의 장난기 어린 눈빛이나 묘한 미소는 찾아볼 길이 없었다.

'명객이 움직이지 않아. 천괴가 덮어쓰기 전에 혈천휴를 처리해야 해!'

하나 혈천휴의 마기는 시간이 흐를수록 강렬해졌다. 비공기와 완벽하게 하나가 된 마기는 적운비의 호흡마저 강제할 정도였다.

"크흑!"

이대로 혈천휴와 시간을 보낸다면 진퇴양난에 빠지게 된다. 적운비가 점점 수세에 몰리는 사이 천마전 반대편에서 무당제자들이 나타났다.

혈맥의 무인들은 놀라지 않을 수가 없었다.

이곳은 혈마교의 중심부가 아닌가.

처음에는 마맥의 잔당인 줄 알았으나, 도가의 보법을 확인한 후에는 동요하지 않을 수가 없었다.

지원을 염려한 것이다.

하지만 수십여 명이 전부였다.

혈맥의 무인들은 단 한 명도 남지 않고 모두 무당의 제자를 상대하기 위해 나섰다.

혈천휴의 패배는 생각지도 않는 모습이었다.

적운비는 아랫입술을 질끈 베어 물었다.

'시간을 끌면 곤란해!'

당금의 혈마교의 중책은 대부분 혈맥의 무인들이 차지했다. 수많은 종파를 대표하는 마맥조차 불만을 드러내지 못했을 정도로 말이다.

특히 혈맥의 절대고수라 할 수 있는 진마육천는 맥주인 혈기량조차 하대할 수 없는 존재였다.

쩡!

적운비는 혈천휴와 격돌한 후 미간을 찡그렸다.

'방심할 수 있는 상대가 아니야.'

혈천휴의 기운은 싸울수록 강해진다. 반면 시간이 흐를수록 분노는 가라앉았고, 고요한 살기만 넘실거리기 시작했다.

채채채채챙!

"언제까지 쥐새끼처럼 피하기만 할 것이냐?"

적운비는 혈천휴를 대상으로 고전하지 않을 수가 없었다. 신경이 분산된 탓이다. 한데 변화는 생각지도 못한 곳에서 시작됐다.

"내가 선봉에 서지!"

검총주가 천중태극무무진을 앞질러 나갔다.

그의 무위를 본 적이 없는 무당의 제자들은 우려를 감추지 못했다.

"따라붙어라! 다수의 적을 상대하려면 뭉쳐야 해!"

하지만 검총주가 폭발하듯 튕겨 나가는 순간 마치 점처럼 멀어졌다.

혈맥에서도 두 명의 마인이 튀어나왔다.

비공기가 아니라면 혈기량조차 한 수 접어줘야 하는 진마육천이었다.

검총주는 적을 앞에 두고도 먼 곳에 있는 명조를 노려봤다. 적운비의 말이 사실이라면 천괴는 명객의 몸을 빌려 현신할 것이다.

'검총의 한을 오늘 풀겠다!'

진마육천을 앞에 두고도 뒷일을 생각한다.

검총주는 검을 뽑으며 스스로를 증명했다.

공절검이 펼쳐지는 순간 두 명의 진마육천은 절반으로 쪼개졌다.

촤라라라라라락—

검총주의 검이 손바닥에 붙은 것처럼 고정된 채 회전했다. 검기는 마치 연노를 쏘는 것처럼 전방으로 쏟아졌고,

검격에 발을 들인 자는 무공의 고하를 막론하고 피를 흩뿌리며 죽음을 맞이했다.

그 뒤를 이어 벽천진인의 진무신기검이 무용을 떨쳤다. 검법을 펼치는 와중에도 왼손으로는 쉴 새 없이 사상심의류를 펼쳤다.

* * *

혈마교주의 눈빛이 처음으로 흔들렸다.

절대지경에 오르면 미세한 차이로 승패가 갈리는 법이다. 한데 적운비는 평정심을 잃고 수세에 몰리지 않았던가. 그럼에도 불구하고 죽이지 못했다. 마치 손에 닿을 듯 닿지 않는 구름을 상대하는 기분이었다.

'내가? 마의 정점에 선 내가!'

그때였다.

검총주가 진마육천을 도륙한 것이.

그의 뒤를 이어 벽천진인 또한 진마육천을 손쉽게 상대했다. 검총주의 검법이 빠르고, 투박하다면 벽천진인의 검은 자연스러웠다.

제아무리 혈마교주라고 해도 절대고수 셋을 상대하기란 불가능했다.

혈천휴는 기세를 갈무리한 후 천천히 걸음을 내디뎠다.

둥—

압도적인 기세가 공간을 짓눌렀다.

혈천휴는 천마오대공 중 천마군림보를 복원해낸 것이다. 걸음마다 태산에 짓눌리는 듯했다. 혈천휴는 뒷짐을 진 채 산보를 하듯 느긋하게 나아갔다.

적운비는 전신을 옥죄는 마기에 대항하기 위해 만변약수행을 쉴 새 없이 휘돌렸다.

마기를 정화하자, 선기는 다시 혈천휴를 향했다

그리고 한순간 혈천휴의 신형이 사라졌다.

적운비는 혈천휴가 사라지는 것과 동시에 허공을 향해 장력을 밀어냈다.

쩡!

혈천휴의 두 발과 적운비의 두 손이 맞부딪치는 순간 엄청난 반동이 서로에게 전해졌다.

"큭!"

적운비는 거꾸로 떨어지는 와중에 양의심법을 펼쳐 몸을 뒤집었다. 그 사이 혈천휴는 균형을 잃고 공중으로 밀려난 후였다

퍽!

적운비는 발에 걸리는 마인의 머리통을 후려치며 다시

한 번 솟구쳤다. 혈천휴 역시 그 사이 자세를 바로 했고, 엄청난 마기를 비처럼 쏟아 냈다

콰콰콰쾅!

마기를 걷어내고, 부수고, 흡수하는 과정이 동시에 일어났다. 그리고 혈천휴의 지척에 이르렀을 때 적운비의 두 손이 현란하게 움직였다.

적운비는 끝끝내 혈천휴의 소매 끝을 잡아끌며 허공으로 몸을 띄웠다.

한 호흡에 두 사람의 위치가 바뀌었다.

적운비는 그 틈을 놓치지 않고 건곤와규령을 일으켰다. 적운비를 둘러싸고 있던 호신강기가 그대로 혈천휴를 짓누르며 하강했다.

콰콰콰콰콰콰쾅!

"크흑!"

이번에는 혈천휴가 손해를 감수해야 했다.

제아무리 혈마교의 수장이라고 해도 선기를 정면으로 받아내기란 불가능에 가까웠다. 자연지기의 공능은 조화에서 시작된다. 그렇기에 적운비는 거세게 혈천휴를 몰아쳤다.

거리를 벌리면 강기로 두들겼고, 지척에 이르면 음유한 면장이 전신을 노렸다.

마침내 혈천휴의 두 눈이 붉게 물들었다.

평정심을 잃고 분노에 휩싸인 것이다.

이것은 혈천휴 본인의 문제라기보다 마공을 익혔기에 자연스럽게 드러나는 폐해였다.

"갈가리 찢어버리겠다!"

혈천휴는 광분하여 마기와 비공기를 가리지 않고 사방으로 내뿜었다. 그는 혈맥의 마인들조차 칠공에서 피를 흘리며 허물어질 정도로 적아를 가리지 않고 공격을 했다.

그때 적운비가 양손을 오므린 채 내력을 쏟아 냈다. 자연지기가 응축되어 만들어진 뇌신회룡포가 혈천휴를 향해 노도와 같이 밀려들어 왔다.

"크아아아아아!"

혈천휴는 본능적으로 마기와 비공기를 전면으로 내세웠다. 그러나 뇌신회룡포는 한 번으로 끝나지 않았다. 적운비는 허공을 주유하며 쉴 새 없이 뇌신회룡포를 쏘아낸 것이다.

콰콰콰콰콰콰쾅!

그러나 혈천휴가 전력을 다해 만들어 낸 강기의 벽은 쉽게 무너지지 않았다. 다만 뇌신회룡포는 막았을지언정 적운비의 접근은 막지 못했다.

적운비는 허공에서 혈천휴의 정수리를 노렸다. 그러나 마기가 앞을 막아서는 순간 미끄러지듯 혈천휴의 몸을 타고 이동했다.

콰직!

적운비는 오른손으로 혈천휴의 등을 찍었고, 왼손으로 뒷덜미를 잡아챘다. 혈천휴는 본능적으로 몸을 튕겨 전방으로 나아가려 했다. 그의 몸이 활처럼 휘어지며 튕겨 나가려는 순간 적운비의 발이 무릎 뒤를 찍었다.

콰직!

적운비는 혈천휴의 하반신이 붕 뜨는 순간 움켜쥐고 있던 뒷덜미를 강하게 내리찍었다.

"큭!"

혈천휴는 외마디 신음과 함께 땅바닥을 나뒹굴었다.

모든 것은 한 호흡 안에 자연스럽게 이뤄졌다.

적운비는 혈천휴를 제압한 후 신마흑주가 있던 곳을 쳐다봤다.

명조가 무심한 눈빛으로 적운비의 시선을 받아쳤다.

"언제까지 숨어 있으려고? 그만 나오시지."

적운비의 도발에 명조의 입매가 길게 찢어졌다.

"크큭, 천자산에 있어야 할 네가 혈마교에는 어쩐 일이더냐?"

"당하는 건 한 번으로 족하니까. 선수 좀 쳤지."

적운비는 혈천휴의 앞을 막아선 채 말을 이었다.

"자! 이번에는 비공기를 회수하는 것이 쉽지 않을 거야."

천괴는 어깨를 으쓱거렸다.

"있으면 좋지만, 없어도 그만이란다. 그리 자신만만할 때가 아닐 텐데……."

그 순간 천괴의 말을 끊고 귓가에 들려온 일갈이 있었다.

"천괴! 검총의 원한을 갚겠다!"

천괴는 그 자체만으로도 엄청난 기세를 흩뿌린다. 그러니 검총주가 이러한 기회를 놓칠 리 만무했다. 그는 혈맥의 마인들을 버려둔 채 몸을 날렸다.

천괴는 귀찮다는 듯이 손을 내저었다.

일수에 담긴 거력은 태산조차 무너트릴 정도였다.

하나 검총주의 공절검은 존재하는 모든 것을 갈라 버리지 않던가.

"이놈!"

검총주의 일갈에 천괴는 탄성을 흘렸다.

"오호! 저놈은 또 뭐지?"

하나 탄성을 흘리는 것과 상대하는 것은 별개였다.

천괴의 몸에서 흘러나온 비공기가 하늘로 솟구치더니 수백 갈래로 갈라졌다. 그러고는 비처럼 쏟아지는 것이 아닌가.

결국 검총주는 천괴의 옷자락조차 베지 못한 채 적운비

의 옆까지 밀려나야 했다.

반면 적운비는 오히려 여유로운 표정을 지었다.

"이번에는 혼자가 아니야. 그리 쉽게 도망치지는 못할 거다."

천괴는 벽천자와 검총주, 그리고 무당의 자제들을 훑어봤다. 그러고는 나직이 한숨을 내쉬더니 말을 이었다.

"선기를 품은 자들이구나. 좋은 계획이야. 그런데 말이지. 네가 혼자가 아니듯 나도 혼자가 아니란다."

천괴의 입꼬리는 귀에 닿을 것처럼 길게 찢어졌다.

그리고 그 순간 사방에서 수백 명의 괴객들이 솟아났다. 한데 그들에게서 사람의 기운을 찾기란 요원했다.

적운비는 괴객의 무위나 숫자보다 다른 면에서 경악을 금치 못했다.

'백성들이 왜 저기에…….'

* * *

괴객의 정체를 유추하는 것은 그리 어렵지 않았다.

모두 사도련의 무복을 입었기 때문이다. 한데 그들 사이에 유독 두드러지는 자들이 있었다.

햇볕에 검게 익은 얼굴, 주름진 손과 굽은 허리.
아무리 보아도 촌부들이다.
"저 사람들, 뭐야?"
대답은 명조가 아니라 괴객들 뒤에서 들려왔다.
"괴객이다."
구궁무저관에서 마주했던 천괴의 목소리.
진짜다.
아니나 다를까 괴객들이 길을 열었다.
그 끝에는 천괴가 싱글벙글 웃으며 교자 위에 앉아 있었다.
적운비는 재빨리 명객과 괴객을 구분해냈다.
'저 노인은 제자일 테고, 명객의 숫자는 넷이군.'
하나 이내 표정을 구기며 외쳤다.
"촌부들에게 비공기를 주입한 거냐? 미쳐도 단단히 미쳤군! 천인공노할 짓을 저지르고도 웃음이 나오냐?"
천괴는 고개를 갸웃거렸다.
"약한 개미와 강한 개미를 구분할 필요가 있더냐?"
스스로 신이라 여기는 자와 대화가 통할 리 없다.
적운비는 천괴를 노려보는 가운데 전음을 보냈다.
[천괴는 오만함이 극에 달했으니 처음부터 나서지 않을 겁니다. 명객과 괴객을 먼저 처리합니다.]

눈짓으로 상대를 정하고 호흡을 가다듬었다.

그리고 적운비가 튀어 나가려는 순간 천괴의 나른한 한 마디가 들려왔다.

“그러고 보니 저것들은 필요가 없지 않은가.”

천괴는 손가락을 펴고 혈맥의 마인들을 가리켰다.

혈마교주가 패배하는 것도 모자라 천괴의 등장까지 이어졌기에 마인들은 한데 뭉쳐 어쩔 줄을 몰라 하고 있었다.

만안당주가 고개를 숙이며 말했다.

“정마대전을 염두에 둔 탓에 혈맥의 마인들은 제외했습니다. 이 모든 것이 천한 제자의 잘못이옵니다.”

적운비는 표정을 굳혔다.

천괴는 아무래도 상관없다는 표정으로 말했다.

“어차피 이것들을 처리한 후 천자산으로 갈 생각이었다. 혈마교는 그때 수습하도록 하지.”

수백 명의 목숨을 길가의 돌멩이로 취급한다.

분노해야 마땅한 상황에서도 혈맥의 마인들은 입을 열지 못했다.

“입만 산 녀석이 천위가 되었다고? 클클, 어디 검천위와 네가 어떻게 다른지 증명해 보거라.”

천괴는 그 말을 끝으로 손가락을 까딱거렸다.

“모조리 죽여라”

끼이이이이이—

침묵을 지키던 괴객들은 잠에서 깨어난 것처럼 괴성을 터트렸다. 그러고는 너나 할 것 없이 살기를 일으키며 달려들었다. 마치 맹수가 우리에서 뛰쳐나온 것과 다르지 않을 만큼 흉포함이 가득했다.

천괴는 개를 풀어놓은 주인처럼 느긋한 표정을 지었다. 그는 잔심부름을 시키듯 명객을 향해 말했다.

"혈천휴를 데리고 와라."

한데 괴객들로 가려져서일까.

천괴의 눈빛은 서늘하게 번뜩였다.

지잉—

금선강기가 갑자기 빠르게 천괴의 주변을 휘돌았다.

천괴는 자신의 감정에 따라 반응하는 금선강기를 진정시켰다.

'진원진기가 얼마나 회복될지는 모르지만, 금선강기를 얻은 이상 다시 돌려놔야 해.'

괴객은 짐승과 같다.

굶주린 맹수들처럼 먹잇감을 찾아 가차 없이 살수를 휘둘렀다.

"진법을 펼쳐라!"

채채채채채챙!

괴객의 대부분은 사파 출신이다. 그러다 보니 그들의 무공은 사특하기 짝이 없었다. 하나 천중태극무무진을 펼친 이상 밀려날지언정 결코 무너지지 않았다.

괴객들은 파도처럼 진법을 두들기며 지나쳤다. 애초에 모든 것을 살육하기 위한 자들이다. 진법에 힘을 빼는 대신 뿔뿔이 흩어져 있는 혈맥의 마인들을 노린 것이다.

벽천자와 벽기자가 소리 높여 외쳤다.

"자비를 베풀지 마라! 놈들이 세상에 풀려나면 참극은 끝이 없을 것이다!"

하지만 괴객의 숫자는 무당제자의 열 배가 넘었다.

결국 적운비가 몸을 날리려는 순간 검총주가 막아섰다.

"놈들이 온다!"

그의 말처럼 천괴의 곁을 지키고 있어야 할 명객의 모습이 보이지 않았다.

"교주를 노릴 겁니다."

"흥! 가까이 오는 놈을 죄다 죽이면 되겠지."

그 순간 괴객 사이로 명사가 모습을 드러냈다.

쩡!

한 줄기 빛이 번뜩이는 순간 검총주는 공절검으로 맞섰다. 빛은 산산조각이 났지만, 그 파편은 사방으로 흩어지며 괴객과 혈맥의 마인들에게 꽂혀 들었다.

"크악!"

한데 마인들이 절명한 것과 달리 괴객들은 선불 맞은 멧돼지처럼 더욱 거세게 날뛰는 것이 아닌가.

"위로!"

적운비의 외침에 검총주는 고개를 끄덕였다.

그 후 세 명의 명객들은 사방에서 번갈아가며 공세를 취했다. 적운비와 검총주가 최선을 다했으나 모든 공세를 흘려내는 것은 애초부터 불가능에 가까웠다.

"빌어먹을!"

검총주가 허공으로 몸을 띄워 아래로 검을 내질렀다. 위로 흘려내기가 난해하니 아래로 꽂아 넣으려는 요량이다.

터터터터터텅!

적운비는 검총주의 반격이 효과를 보자, 뒤따라 몸을 날렸다. 하지만 찰나간 혈마교주와의 거리가 벌어지는 것을 막을 수는 없었다.

스르륵—

하나의 그림자가 연무장의 청석이 가루로 만들더니 대지를 뚫고 모습을 드러냈다. 지금껏 몸을 숨기고 있던 명경이 혈마교주를 낚아채기 위해 나타난 것이다.

그는 혈마교주의 멱살을 잡으려다 흠칫 놀라며 물러섰

다. 혈마교주의 눈빛은 점혈을 당한 사람치고는 너무 형형하지 않은가.

아니나 다를까 혈마교주가 등을 튕기며 몸을 일으켰다. 그리고 그의 강기가 명경의 전신으로 쏟아졌다.

콰쾅!

명경은 물론이고, 배후에서 틈을 노리던 괴객 십여 명이 핏물로 화해 흩어졌다.

"변절인가?"

천괴의 읊조림에 만안당주는 고개를 끄덕였다.

"괴공과 밀담을 나눴군요."

만안당주의 말처럼 적운비는 혈마교주를 점혈한 후 전음으로 충분한 대화를 나눈 상태였다.

콰콰콰콰쾅!

지금껏 내력을 비축해 온 혈마교주가 혈맥이 있는 곳으로 이동했다. 그러고는 전방에서 달려드는 괴객들을 향해 쌍장을 내질렀다.

수십여 명의 괴객들이 다시 한 번 핏물로 화했다.

"흥!"

그 모습에 천괴가 팔걸이를 튕기며 솟구쳤다.

"감히 내 앞에서 잔재주를 부려!"

영혼까지 서늘케 만드는 일갈!

내공이 약한 자는 칠공에서 피를 토하며 쓰러졌다.

천괴는 허공에서 무당제자들을 향해 손을 내뻗었다. 그러자 팔을 휘감고 있던 금선강기가 일직선으로 뻗어나가는 것이 아닌가.

"이런!"

검총주의 곁을 지키던 적운비의 신형이 흩어졌다.

그가 다시 나타난 곳은 천중태극무무진의 전면이었다.

"버텨!"

적운비는 한 호흡에 미증유의 선기를 응축시켰다.

그리고 금선강기를 향해 거대한 방패를 만들어 냈다.

쩡—

건곤와규령을 중심으로 거대한 파동이 눈에 보일 정도로 일어났다.

천괴는 입꼬리를 올렸다.

"막아?"

적운비는 난처한 표정을 보였으나, 속으로는 회심의 미소를 짓고 있었다.

[총주! 가능합니다!]

검총주는 적운비의 전음을 듣는 순간 명객들에게서 일부러 물러났다. 마치 두려워 도주하는 것처럼 인상을 잔뜩 찌푸린 채 말이다.

명객들은 검총주를 쫓는 대신 혈마교주를 향해 몸을 날렸다.

제아무리 혈마교주라고 해도 세 명의 명객을 상대로 승패를 점칠 수는 없는 노릇이다. 게다가 명객의 비공기는 교주의 것보다 윗줄이 아니던가.

"끄아아아아아아아!"

혈마교주는 명안에게 머리채를 잡힌 채 비명을 질렀다. 비공기를 강제로 뽑아내고 있으니 그 고통은 말로 표현할 수 없을 정도였다.

눈을 두어 번 감았다가 떴을 정도의 짧은 시간.

그 시간에 혈마교주의 머리카락은 백발이 됐고, 눈동자는 생기를 잃었다. 그는 명안이 배를 걷어차자 사지를 펄럭이며 마인들 사이로 나뒹굴었다.

명안은 명조와 명사의 호위를 받으며 천괴에게로 향했다.

"빌어먹을!"

"막아야 합니다!"

적운비와 검총주가 분기를 토했지만, 천괴의 공세를 막아내는 것만으로도 힘에 부칠 지경이었다.

천괴는 명조와 명사를 내보낸 후 명안에게서 비공기를 빨아들였다.

뒤늦게 검총주와 적운비가 몸을 날렸지만, 명조와 명사는 길을 내주지 않았다.

채채채채채채챙!

검총주와 명조는 삽시간에 백여 합을 겨뤘다.

검영과 검명만이 남아 오감을 어지럽힌다.

반면 적운비의 면장이 명사의 어깨를 찍어 눌렀다.

명사는 왼팔이 통째로 날아갔지만, 인상도 쓰지 않은 채 오른팔로 검을 휘두른다.

"인간이 아니로구나!"

적운비는 몸을 휘돌리다가 양손으로 명사의 가슴을 두들겼다.

콰직!

명사는 가슴이 움푹 함몰된 상태에서도 검을 휘두르려 했다. 그 모습에 적운비는 표정을 굳힌 채 침음을 흘렸다.

명객은 인간도 아니고 살아 있지도 않았다.

먹고, 자고, 숨을 쉬지만 꼭두각시에 불과했다.

천의는 조화를 추구하나, 명객은 천의의 범주에서 아예 배제된 것이다.

정화나 개심으로 해결될 문제가 아니었다.

'소멸!'

그 순간 기음과 함께 묘한 파동이 사방에서 느껴졌다. 무인들은 진원지를 쳐다본 후 경악을 금치 못했다.

천괴가 새하얀 빛무리에 휩싸인 채 연방 광채를 뿜어냈기 때문이다.

지이이이이이이이이이잉—

허공에 물결을 만들며 퍼져 나간 파동은 혈마교 전체를 뒤덮었다. 그리고 완벽해진 비공기로 인한 폐해가 여실이 드러났다.

"끄어!"

천괴의 비공기는 숨을 쉬는 모든 생명체에 스며들었다. 헛간에서 건초를 말리던 마부도, 영문도 모른 채 입구를 지키고 있던 하급마인도, 심지어 주방에서 물을 퍼 올리던 하녀들까지 비공기에 잠식당했다.

삽시간에 수천 명의 혈객이 만들어진 것이다.

그리고 그들은 귀신에 홀린 것처럼 천마전을 향해 하나둘씩 모여들었다.

"크흑!"

무당의 제자들은 선불러 검을 내뻗지 못했다.

벽천자 또한 침음을 흘리며 연방 물러설 뿐이다.

측은지심을 지녔다면 결코 저들을 향해 검을 휘두를 수 없으리라.

하나 혈맥의 마인들은 망설임 없이 혈객들을 향해 살수

를 휘둘렀다. 비공기를 받아들였지만, 애초에 양민이 아니던가. 그런 그들이 엄청난 무위를 선보일 리 만무했다. 그저 핏빛 강기를 품은 손으로 허우적거릴 뿐이었다.

마인들은 잡초를 베듯 무심한 표정으로 살수를 펼쳤다. 삽시간에 백수십여 명이 시체가 되어 청석 위를 나뒹굴었다.

참다못한 적운비가 나서려는 순간이었다.

괴객 중 수십여 명이 적운비를 둘러싸는 것이 아닌가.

적운비는 코웃음을 치며 양손을 모았다. 그 순간 강렬한 기파가 손안에 뭉쳐들었다.

하지만 괴객들을 향해 면장을 내지르지 못했다.

괴객의 눈동자에서 비공기가 사라진 것이다.

"어, 어, 여기가 어디요?"

"꺄아아악! 시체! 사람 살려!"

모두 비공기로 인해 괴객이 된 자들이다.

적운비는 멈칫했다.

죄 없는 양민들을 상대로 손을 쓰기가 어려웠다.

한데 저 멀리서 히죽거리고 있는 천괴를 본 순간 냉정을 되찾았다.

'이제 괴물이 되었구나.'

저들은 비공기에 잠식당한 이상 본래의 모습으로 되돌아

오는 것은 불가능했다. 그렇다면 차라리 온전한 모습일 때 편히 잠들게 해 주는 것이 나을 터였다.

"나를……."

적운비의 손에서 하얀 빛무리가 뭉쳐들었다.

"용서하지 마시오."

쫘악—

두 손을 맞부딪치는 순간 강렬한 기파가 적운비를 중심으로 흩어졌다.

촤라라라라라라락—

거대한 기의 끈이 존재하는 모든 것을 베고 지나갔다. 괴객들은 삽시간에 절명했지만, 겉으로 보았을 때는 잠을 자는 것처럼 편안한 표정을 짓고 있었다.

몸뚱이가 아니라 내부의 혈맥을 끊었기 때문에 가능한 일이었다.

"어허! 저런 살인귀를 봤나? 인세에 저런 악귀가 나타났으니 참으로 큰일이로다."

적운비는 자신을 가리키며 비아냥거리는 천괴를 보며 이를 악물었다.

그런 그에게 검총주가 전음을 보냈다.

[저들을 죽인 것이 살린 것이다. 흔들리지 마라! 네가 흔들리면 정말로 모두가 죽을 것이다!]

적운비는 고개를 가볍게 끄덕였다.

지금 흔들려야 할 사람은 자신이 아니라 천괴다.

그것을 시작으로 죽음을 각오한 계획을 실행하려 한다. 아미파와 소림사에서 얻은 정보가 사실이라면 보타암의 절학이 정녕 공능을 지니고 있다면 미약하게나마 가능성을 지니고 있을 게다.

하지만 단 한 번이다.

천괴는 날이 갈수록 강해진다. 그리고 그로 인해 자신의 결점을 찾아낼 것이 분명했다. 그가 결점을 고쳐 낸다면 이제 인세에 그를 당해 낼 자는 없다고 해도 무방했다.

[아주 잠깐이면 됩니다.]

적운비의 전음은 죽음을 담보로 한다.

하나 검총주는 입맛을 다시며 즐거워했다.

어차피 검총을 되살리거나, 부흥시킬 야망 따위는 오래전에 버려두었다. 그저 사문의 복수만이 마음속에 남은 유일한 한이었다.

[내가 하마!]

적운비는 검총주의 전음을 듣자마자 검을 거칠게 휘둘렀다. 마치 검에 묻은 피를 털어 내듯이 격렬한 움직임이었다.

"이리와! 나랑 싸우자! 네깟 놈은 단칼에 베어 주마! 이리 오라고!"

천괴는 길길이 날뛰는 적운비는 보며 입꼬리를 올렸다. 그러고는 조롱과 안타까움을 담아 나직이 읊조렸다.

"말뿐인 녀석이었어. 고작 이 정도로 이성을 잃은 겐가? 역시 이 세상에 나를 가늠할 수 있는 존재는 없는 것인가?"

그 순간 천괴의 뒤에서 하나의 그림자가 솟구쳤다.

지이이이이잉—

검총주는 천괴의 배후를 점하자마자 공절검을 극성으로 펼쳤다.

쫘아아아악—

천이 갈라지듯 공간을 절반으로 쪼갰다.

그 끝은 천괴의 정수리였다.

그러나 명안과 명조가 천괴를 막아섰다.

"비켜라! 껍데기들아!"

검총주는 명안과 명조를 향해 검을 내리그었다.

한데 검이 스치기 직전 명안의 눈동자가 한순간 붉게 물들었다. 그 후 명안은 검총주의 검을 손바닥으로 밀어내는 것이 아닌가.

천괴가 명안에게 스며든 것이다.

"흥!"

검총주는 예상했다는 듯 공절검을 연이어 펼쳤다.

하나 천괴는 명안과 명조의 몸을 오가며 검총주를 상대했다.

두 명의 천괴를 상대하는 셈이다.

검총주는 수세에 몰릴 수밖에 없었다.

한데 그 순간 적운비가 참전했다

적운비는 백광을 머금은 양손을 천괴의 가슴팍에 찔러 넣었다. 혼백이 명조와 명안에게 가 있으니 천괴의 육신은 빈껍데기에 불과했다.

콰직!

천괴는 육신이 파괴되는 순간에 미동조차 하지 않았다.

의아함을 느낄 사이도 없이 명조가 검총주를 향해 달려들었다. 전신을 비공기로 휘감은 채 달려드는 모습은 육탄 공세와 다를 바가 없었다.

검총주는 화들짝 놀라며 검을 갈지자로 휘둘렀다.

촤라라라라라락—

명조의 몸뚱이가 수십 갈래로 찢겼다.

하나 그 사이 명안은 예상치 못한 곳에서 모습을 드러냈다.

바로 적운비의 등 뒤였다.

“클클, 내 예상을 한 치도 벗어나지 않는구나. 이 미련한 존재들아!”

천괴는 적운비의 정수리와 허리의 명문혈을 동시에 찍어 눌렀다.

그의 의도는 명확했다.

적운비의 육신을 빼앗아 불멸전혼대법을 완성하려는 것이다.

"크크큭! 불도의 기운을 품었다고 방심했으렷다? 이 몸이 언제까지 불도에 짓눌려 있을 것이라 여겼더냐! 고금제일을 넘어 신의 경지에 이른 나다! 내게 몸을 바치고 영혼조차 흩어지거라!"

천괴의 일갈과 함께 그의 양손에서 엄청난 기운이 적운비의 몸속으로 스며들었다.

그그그그그그그그극—

적운비의 육신은 먹물에 빠진 것처럼 새까맣게 물들었고, 눈동자는 피를 머금은 것처럼 새빨갛게 번들거렸다.

한데 그가 입을 달싹거리는 순간 놀라운 한 마디가 흘러나왔다.

"신은 하늘을 재단하지 않는다. 그저 동화될 뿐이지. 당신처럼 말 많은 놈은 저쪽에서도 사절이라고!"

천괴는 눈매를 찡그렸다.

불멸전혼대법을 실행하는 중이다.

어찌 입을 열어 말을 할 수 있단 말인가?

적운비는 짓눌렸던 몸을 일으키며 숨을 내뱉었다.

그 순간 천괴의 눈에 익숙한 기운이 모습을 드러냈다.

"금선강기?"

금빛으로 번뜩이는 기운이 적운비가 호흡할 때마다 넘실거렸다.

천괴는 눈을 휘둥그레 뜬 채 자신의 파괴된 육신을 살폈다. 한데 금선강기의 흔적은 어디에서도 느껴지지 않았다. 돌이켜 생각해 보니 육신이 파괴되는 순간 금선강기는 자신에게 돌아와야 했다.

한데 어째서 적운비의 곁을 지킨단 말인가?

지이이이이이잉—

적운비는 한 걸음 내디딘 후 돌아섰다.

천괴가 엄청난 비공기를 주입했음에도 운신이 자유롭다. 그 순간 천괴는 쇠망치로 뒤통수를 얻어맞은 듯한 충격에 휩싸였다.

"설마 네놈이? 하지만 어떻게…… 어찌 제 몸을 제물 삼아 그런 일을! 크흑! 감히 네놈이!"

적운비의 얼굴은 오래전 천괴가 그랬던 것처럼 잔뜩 일그러져 있었다. 몸뚱이 또한 얼굴처럼 재생과 붕괴가 동시다발적으로 일어나 흉측하기 그지없었다.

"반야만륜겁에 대해 알아봤지. 그리고 당신이 금선강기

를 수습했던 걸 따라 했을 뿐이야. 놀라운가?"

천괴는 온몸을 부들부들 떨며 분노를 금치 못했다.

적운비에게 주입한 비공기의 양은 엄청났다.

게다가 불멸전혼대법을 위해 진원진기까지 아낌없이 쏟아 부은 후였다.

한데 적운비가 금선강기를 이용해 불멸전혼대법을 차단한 것이다.

혜검과 반야만륜겁은 불도의 정수 중에서도 손꼽히는 기운이 아니던가. 하늘이 무너지고, 땅이 뒤집혀도 불도의 정수는 조화를 추구한다. 애초에 천붕지복(天崩地覆) 또한 하늘의 뜻으로 이뤄지기 때문이다.

한데 적운비는 조화경(造化經)에 이르지 않았던가.

절대지경의 고수들 중에서도 불도의 무학을 익힌 자에게만 허락된 지고의 경지였다.

그런 적운비가 부조화에 빠졌으니 금선강기가 달라붙는 것은 당연했다. 정마의 균형을 맞춰 조화를 이루기 위해 존재하는 금선강기가 아니던가.

천괴는 입꼬리를 파르르 떨면서도 허세를 부렸다.

"흥! 그야말로 잔재주 중에 잔재주로다. 그래서 비공기와 금선강기를 빼앗았으니 네가 이긴 듯싶으냐? 하나 네 꼴을 보아라. 너는 이제 죽지도 살지도 못하는 모습으로 영생해야 할 것이다. 반면에 나는 어떠한가? 네 덕에 반야만륜겁의 저주에서 완전히 벗어나지 않았던가. 비공기의 손실? 나는 지금이라도 당장 아무 놈이나 데려다 육신을 갈아탈 것이다. 그리고 아무도 모르는 곳으로 향해 다시금 비공기를 갈고 닦을 것이다. 자! 네가 보기에 승자는 누가 될 듯싶으냐?"

적운비는 나직이 한숨을 내쉬며 손을 흔들었다.

한순간 그의 몸을 가득 채우고 있던 비공기가 사방으로 흩어지더니 천괴의 등 뒤로 뭉쳐들었다.

"넌 아니야."

그그그그그그그그그극—

그 순간 천괴의 등 뒤로 펼쳐져 있던 허공에 검은 점이 방울방울 맺히기 시작했다. 천괴와 그 수하들이 비공기를 사용하여 자연지기를 변질시키던 모습과 다르지 않았다.

잠시 후 그것은 커다란 구멍이 되어 기음을 토해 냈다.

"흡!"

천괴는 화들짝 놀라며 몸을 날렸다.

육지비행이라는 말이 무색할 정도로 빠른 움직임이다. 천괴는 수십여 개의 잔영을 남기며 사방천지에 번뜩였다.

하지만 허공을 가르고 나타난 검은 구멍은 그림자처럼 천괴의 뒤를 쫓았다. 그리고 천괴와의 거리가 좁혀지는 순간 놀라운 일이 벌어졌다.

마치 공간 너머에서 누군가 손을 내민 것처럼 검은 기운이 줄줄이 흘러나온 것이다.

그리고 그것은 천괴의 머리통과 어깨, 옆구리, 팔다리를 가리지 않고 잡아챘다.

"끄으으으으! 이게 뭐냐? 이게 무슨 짓이야?"

적운비는 양손을 내려다보며 쓴웃음을 지었다.

손바닥 사이에는 극도로 압축된 금선강기가 당장이라도 튀어나갈 것처럼 요동을 치고 있었다.

"그간 고생이 많으셨습니다."

적운비는 나직이 읊조린 후 허공을 향해 양손을 펼쳤다.

끼이이이이이이이이이—

그 순간 허공으로 튕겨져 나간 금선강기가 태양보다 더욱 밝게 번뜩였다. 그러고는 검은 기운이 붙잡혀 옴짝달싹 못하던 천괴를 향해 내리꽂혔다.

쩡—

적운비는 보았다.

아니 그만 볼 수 있는 광경이었다.

천괴의 육신에서 영혼이 강제로 튕겨져 나간 것이다. 그리고 검은 구멍에서 흘러나온 손길이 영혼을 갈가리 찢어 저마다 나왔던 곳으로 되돌아간다.

한데 적운비는 그 순간 검은 공간 너머에서 번뜩이는 빛을 보며 눈을 휘둥그레 떴다. 그것은 지금껏 그 누구도 닿지 못했던 세계에 발을 들인 것과 마찬가지였다.

또한 자신이 앞으로 나아가야 할 길이기도 했다.

'나 역시 정해져 있던 것인가?'

헛웃음과 함께 쓴웃음이 끊이지 않았다.

오직 그만이 짊어져야 하는 굴레였다.

'빌어먹을!'

第十二章

천의(天意)

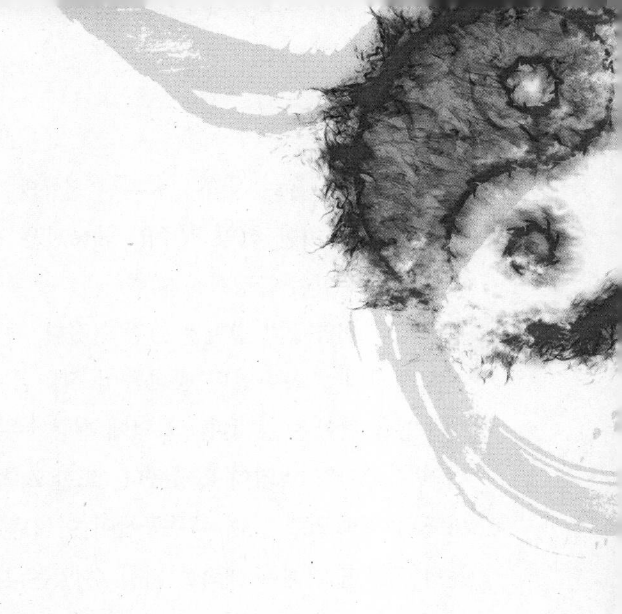

하늘을 떠받들고 있던 네 개의 기둥.

그것을 사태천이라 칭했다.

수백 년간 이어져온 정과 마의 대치구도.

사태천이 정마를 대신해 균형을 이뤘을 때 세인은 영원토록 평화가 이어질 것이라 믿었다.

그러나 사도련이 무너지고, 혈마교가 패망했다. 그뿐 아니라 패천성은 연왕부를 도와 황실과 맞서는 형국이 아니던가. 오직 천룡맹만이 살아남아 새로운 맹주를 중심으로 똘똘 뭉쳐 있었다.

그야말로 난세의 도래였다.

호사가들은 홀로 전력을 유지한 천룡맹이 군림할 것이라 예상했다. 하지만 신임 맹주인 남궁신은 천룡맹의 소속방파들을 다독이며 안정화를 꾀했다.

그러나 천룡맹의 덩치는 점점 커졌다.

사태천의 소속이었던 방파들이 살아남기 위해 제 발로 천룡맹을 찾아온 것이다. 그 덕에 천룡맹은 섬서 남부와 복건의 북부까지 영역이 확장됐다. 또한 서쪽은 사도련과 혈마교의 공백으로 인해 무주공산이 아니던가. 천룡맹이 마음만 먹으면 언제든 세력을 넓힐 수 있는 지역이었다.

시간이 흐를수록 천룡맹의 위치는 더욱 공고해졌다.

연왕부와 황실 간의 싸움에서 승자는 천룡맹주 남궁신을 얻는 쪽이라는 농까지 있을 정도였다.

하지만 천룡맹주 남궁신은 자신의 위세와 무위를 자랑하지 않았다. 문상인 제갈소소가 수많은 계책을 알려주었지만, 맹주의 허가를 얻기란 요원했다. 제갈소소 또한 맹주에게 강요하지 않았다.

두 사람 모두 알고 있기 때문이다.

천룡맹이 천하제일방파가 되어도, 남궁신이 정파제일인이 되어도 넘을 수 없는 벽은 존재했다.

무당파의 천위(天位)이자, 천룡맹의 무상(武相).

즉 괴공(傀公) 적운비였다.

'도대체 무슨 생각인 거지?'

'언제까지 움직이지 않을 생각인가요!'

*　　*　　*

연왕부와 황실의 전란을 시작으로 정사대전과 정마대전까지 연이어 세상은 혼란스럽기 그지없었다. 호사가들은 난세가 도래하고, 산 자보다 죽은 자가 많은 세상이 올 것이라 외쳤다.

하지만 빠르게 일어난 전란의 불길은 대다수의 존재들이 인지하기도 전에 장대비를 맞고 사그라졌다.

중원 곳곳에서 일어난 불길을 진화한 존재.

괴공만이 남아 강호에 우뚝 서게 되었다.

사도련에 고립됐던 선발대를 구한 것도 모자라 정마대전 당시에는 혈마교의 빈집을 공격하는 대담한 계책까지 선보였다. 게다가 황궁의 암습으로 인해 사면초가의 상황에 빠진 연왕부를 구한 것도 괴공이라는 소문이 돌았다.

이쯤 되니 괴공은 혼자가 아니라 여럿이라는 웃지 못할 주장까지 나오는 형국이었다.

"그 얘기 들었어?"

제갈수련은 환한 미소로 물었다.

하나 돌아오는 대답은 무뚝뚝하기 그지없었다.

"응."

먼 산을 바라본 채 입만 움직이는 적운비다.

제갈수련은 입술을 삐죽거리며 말했다.

"내가 무슨 얘기를 할 줄 알고 들었다는 거야."

이번에도 적운비는 고개도 돌리지 않은 채 입술만 달싹거렸다.

"나에 관한 소문, 그 얘기 아니야?"

"마, 맞아! 하지만 어제랑 다른 얘기라고."

"뭔데?"

"네가 혼자가 아니라 여럿이래. 혼자서는 그 많은 일을 다 할 수 없다고 말이야. 호호호! 우습지 않아?"

"……."

제갈수련은 버름한 표정으로 입맛을 다셨다.

그녀는 적운비 옆에 앉아 있는 진예화를 보며 인상을 썼다. 진예화는 적운비와 함께 있는 것만으로도 만족스러운지 입가에 미소를 띠고 있었다.

'뭐야? 마치 내가 훼방꾼처럼 보이잖아!'

제갈수련은 적운비의 옆에 슬그머니 엉덩이를 붙였다.

'평화롭긴 하구나.'

위지혁은 나무에 기대어 일남이녀의 뒷모습을 응시했다. 그의 얼굴에는 부러움보다 안쓰러운 기색이 역력했다.

'아직도 잊지 못한 거냐?'

하나 정작 위지혁 또한 잊지 못한 것은 마찬가지였다. 아니 그날 그곳에 있던 모든 사람들이 잊지 못했을 것이다.

괴객은 괴물과 인간으로 번갈아 화했다.

촌부가 눈물을 흘리며 살려달라고 애걸복걸하다가, 한순간에 비공기를 흘리며 살수를 펼친다.

남녀노소, 신분의 고하를 가리지 않았다.

그렇다. 아비규환. 마치 지옥의 광경을 마주한 것 같았다.

하나 적운비는 촌부도 베고, 괴객도 베었다.

비공기에 전염된 모든 존재를 말살시켰다.

그 모습은 제아무리 친인이라고 해도 마주하기 어려울 정도로 잔혹했다.

'어째서 나는 그것까지 봐버린 걸까?'

위지혁은 불현듯 진저리를 쳤다.

괴객은 그냥 죽고 끝나지 않았다.

게다가 천괴의 최후는 또 어떠했던가.

멀쩡하던 공간이 갈라지더니 사람의 손처럼 생긴 기이한 기운이 넘실거렸다. 그러고는 천괴의 몸뚱이에서 영혼을 강제로 끄집어내지 않았던가.

놀랍게도 그 광경을 본 자는 적운비와 자신뿐이었다.

위지혁보다 강한 검총주도, 깨달음의 깊이가 다른 벽천자도 보지 못했다.

오직 적운비와 위지혁만이 마주한 광경이었다.

이제야 선도의 후계자라는 적운비의 말이 이해된다.

하지만 전혀 고맙지도, 즐겁지도 않았다.

'넌 도대체 어떻게 버틴 거냐?'

위지혁은 한참 동안 적운비의 등을 쳐다보다가 고개를 내저었다. 그가 혼자 감당하듯 자신 역시 홀로 감당해야 할 숙명이리라. 돌아선 위지혁의 어깨는 여느 때보다 축 늘어져 있었다.

* * *

적운비의 하루는 쳇바퀴 돌듯 일정했다.

오전에 도경을 읽고, 오후에는 하오문에서 수집한 조상의 보고를 받았다. 그 외의 시간은 제갈수련과 진예화를 만나며 보냈다.

"사도련과 혈마교의 잔당들이 여전히 득실댑니다. 그렇다 보니 천룡맹에 인접한 문파들이 먼저 입맹을 요청하고 있는 실정이지요."

"신은 좋겠네."

조상은 천룡맹주의 이름이 흘러나오자 몸을 움찔 떨었다. 그러나 하루이틀 일이 아니었는지 헛기침과 함께 말을 이었다.

"해남파의 지부가 광서의 남녕과 광동의 광주에 세워졌습니다. 올해가 가기 전에 복주에 지부를 세우는 것이 목표라더군요."

남녕과 광동, 그리고 복주라면 중원의 남쪽 바다가 해남파의 영향권에 드는 것이다.

하지만 적운비는 개의치 않았다.

어차피 뱃사람들의 권익과 더 나은 삶을 위해 만들어진 곳이 아니던가. 세월이 더 흐른다면 모를까 지금은 해남파의 약진이 반갑기만 했다.

"조만간 천룡맹과 해남파의 영역이 연결될 것입니다."

적운비는 고개를 끄덕이다가 조상의 뒤이은 말에 미간을 찡그렸다.

"뭐라고?"

"네? 다름이 아니라 천룡맹이 남쪽으로 영역을 확장하다 보니 맹의 위치가 너무 북쪽에 치우치지 않았냐는 의견이 대두되고 있습니다. 천룡맹을 호북으로 옮기자는 얘기가 암암리에 돌고 있습니다."

적운비는 미간을 찡그린 채 나직이 한 마디를 흘렸다.

"호북은 무당의 것이야. 누가 의견을 냈는지 알아와. 제갈소소의 짓이겠지만, 수족처럼 움직이는 자들이 있을 거야."

조상은 침을 꿀꺽 삼키며 호흡을 가다듬었다.

자신이 골라낸 자들의 말로는 그리 좋지 못하리라.

'역시 사람은 줄을 잘서야 하는 법이지.'

나쁜 소식이 있다면 좋은 소식도 있는 법이다.

"연왕부와 황궁의 싸움이 슬슬 막을 내리려 합니다. 황제가 미친 것도 있지만, 황실의 정병도 무한하지는 않으니까요. 게다가 북왕은 괴공께서 혈마교를 공격했을 때의 전략을 그대로 베껴서 사용했습니다. 소수 정예를 꾸려 남경을 기습했거든요. 조만간 전란은 끝날 것입니다."

적운비는 대답 없이 침음을 흘렸다.

얼마 전 도연이 서찰을 보내 기습에 관한 논의가 있었다. 그는 승리를 자신하며 한 가지 부탁을 전했다.

북왕의 후계자로 복귀해달라는 요청이었다.

단칼에 거절했다.

무당에 대한 엄청난 기부는 물론이고, 모든 도관을 다시 지어주겠다는 말을 덧붙였다. 적운비가 더 이상 거론할 시

죽음을 각오하라는 전언을 보낸 후에야 도연의 서찰은 멈췄다.

'승리라니 축하드립니다.'

여기까지였다.

주고희는 죽었고, 적운비의 미래 또한 불확실하다

모든 것은 천의에 따라 결정될 것이다.

'…….'

조상은 적운비의 눈치를 보며 조심스럽게 말을 꺼냈다.

"천룡맹 차원에서 공의 혼인을 준비하려 한답니다. 물론 무당의 어르신들께 허락을 먼저 구해야겠지요. 아직 공론화된 것은 아니니 가볍게 듣고 흘리시면 되겠습니다."

한데 적운비는 천룡맹의 이전 소식보다 더욱 격한 반응을 보였다.

"중지시켜."

조상은 어색하게 웃으며 말했다.

"하하하, 꼭 두 분 소저 중에 선택할 필요가 있겠습니까? 영웅은 호색이라, 삼처사첩은 흠이 되지……."

말을 채 끝내기도 전에 어디선가 불어온 바람이 목구멍을 막아버렸다. 이내 소리가 잦아들더니 이명만 귓속에서 맴돈다. 적운비의 눈빛을 마주하는 순간 전신의 팔만사천 모공에서 땀을 흘리는 듯한 착각에 휩싸였다.

"끄어어어."

적운비는 조상이 기괴한 신음을 흘리자, 그제야 숨을 내쉬며 눈을 감았다.

조상은 숨을 꺽꺽 대면서면 억지로 호흡을 가다듬었다. 정마대전을 끝낸 이후 적운비는 간간히 이해할 수 없는 모습을 보이곤 했다.

'이 쓸데없는 주둥아리! 저자는 친구가 아니란 말이다!'

적운비는 눈을 감은 채 조상을 향해 손을 내저었다.

조상은 사면이라도 받은 사람처럼 부리나케 자리를 떴다.

"하아……."

오늘따라 한숨이 잦다.

적운비는 그것을 인지하면서 고개를 숙인 채 한참 동안 숨을 몰아쉬었다. 날이 갈수록 평정을 유지하기가 힘들었다. 이대도라면 천괴의 저주가 빈 말이 아닐 수도 있을 터였다.

조화를 유지해야 한다.

하나 흘러나오는 목소리는 그리 밝지 않았다.

"결국은 그리 되는가?"

낯선 혼잣말의 끝은 쓴웃음이었다.

*　　*　　*

위지혁은 동천으로 오라는 적운비의 호출을 받았을 때만 해도 비무를 예상했다. 정마대전이 끝난 것도 벌써 몇 달 전이 아닌가. 이쯤 되면 녀석도 마음을 다잡았을 것이라 예상한 것이다.

하나 절벽 끝에 선 적운비의 모습을 본 순간 자신도 모르게 숨이 멎을 듯한 충격이 전해졌다. 햇빛을 마주하고 있는 적운비의 몸이 조금씩 열어지고 있는 것처럼 느껴졌기 때문이다.

"운비야."

적운비는 고개만 슬쩍 돌려 위지혁을 확인했다.

위지혁은 적운비의 표정을 보고 모골이 송연해짐을 느꼈다. 마치 해탈을 앞둔, 아니 모든 것을 내려놓은 사람처럼 허허로운 모습이 아닌가.

'뭐, 뭐야?'

적운비는 위지혁을 향해 손짓을 하더니 절벽 아래로 발을 내디뎠다.

솨아아아아아아아—

절벽에서 떨어졌다고 죽을 녀석이 아니다.

위지혁은 걱정보다는 호기심을 지닌 채 적운비를 따라

절벽에서 몸을 날렸다.

제운종을 펼치며 몇 번이나 절벽을 박찬 후에야 바닥에 내려설 수 있었다.

위지혁은 원형의 철문을 마주하고 있는 적운비를 보며 눈을 휘둥그레 떴다.

"여기가 어디야?"

적운비는 담담한 어조로 읊조렸다.

"구궁무저관."

적운비는 월동문을 마주한 채 양손을 펼쳤다.

그의 손은 태극의 중심부를 가르는 물결의 위아래에 존재하는 점에 닿았다. 그리고 양의심법을 운용하는 순간 거대한 월동문은 너무도 손쉽게 열리는 것이 아닌가.

그러나 적운비는 들어가지 않았다.

오히려 월동문을 닫고 위지혁을 돌아봤다.

"열어봐."

"뭐?"

"열어보라고."

위지혁은 혀를 차며 월동문 앞에 섰다.

그러고는 적운비를 흉내 내어 문을 열려고 했다. 하지만 철문은 옴짝달싹도 하지 않았다. 그런 위지혁을 보고 적운비가 담담한 어조로 말했다.

"양의심법의 기운을 음과 양으로 나눠 운용해라. 양의심법을 익혔고, 선기를 지녔다면 자연스럽게 길을 내어 줄 것이다."

위지혁은 눈을 휘둥그레 떴다.

평소였다면 자신을 놀리며 키득거렸어야 할 녀석이 아닌가. 한데 적운비의 언행은 낯설 정도로 진지했다.

'아직 정리가 안 된 거냐?'

위지혁은 몇 번이나 다시 시도했고, 적운비는 그때마다 꼼꼼하게 설명을 하며 방법을 가르쳐 주었다.

그리고 마침내 월동문이 위지혁을 허락하자, 적운비는 칭찬의 말도 없이 구궁무저관으로 들어섰다.

미로처럼 뻗은 길과 벽에 새겨진 도가의 경구는 여전했다. 마치 시간의 흐름에서 빗겨난 것처럼 조금의 변화도 없이 말이다.

적운비는 벽을 향해 몇 번이나 손을 내저었다.

그 순간 바람 한 점 없던 구궁무저관에 한 줄기 바람이 흘러들어왔고, 그것들은 벽에 새겨진 경구를 마치 흙을 치우듯 걷어내기 시작했다.

위지혁은 깨끗하고 매끈한 벽을 앞에 두고 고개를 내저었다.

"강해서 편하겠다. 이놈아!"

적운비는 대꾸하지 않고 허공에 손가락을 놀리기 시작했다. 놀랍게도 그의 손이 움직이는 대로 벽에 글귀가 써지는 것이 아닌가.

위지혁은 물끄러미 그것을 보다가 눈을 휘둥그레 떴다.

'건곤보? 사상심의류? 어! 저건 조양검이잖아.'

그 밖에 알 수 없는 글귀 또한 모두 무당무학의 요체일 것이 분명했다.

수십여 권의 책을 썼을 만큼 긴 시간이 흘렀다.

그리고 마침내 적운비의 손가락은 양의심법과 면장을 지나 혜검의 깨달음까지 적어냈다.

"야! 너 뭐하는 거야?"

적운비는 대꾸하지 않았다.

그저 멀뚱히 서서 자신이 적어놓은 비급을 살피는데 여념이 없었다. 분명 녀석은 글귀를 보며 무당에서의 시절을 추억하고 있을 것이 분명했다.

한데 그 순간 기이한 광경이 일어났다.

적운비가 천괴와 괴객의 영혼을 집어던진 검은 구멍이 하나둘씩 공간을 비집고 벌어지는 것이 아닌가.

스으으으으으으으으—

그때와 마찬가지로 사신의 팔처럼 흐믈거리는 검은 기운

이 흘러나왔다.

위지혁은 눈을 부릅뜬 채 턱을 파르르 떨었다.

'죽는 거냐? 죽으려는 거냐? 인간이기를 포기했다고 죽을 생각인 거냐? 천괴를 죽이기 위해 어쩔 수 없는 선택이 아니었더냐! 그런데 너는 정녕 스스로를 소멸시키려는 것이냐?'

그만의 망상일 리가 없었다.

아니었다면 자신을 불러내 구궁무저관의 출입 방법을 알려주고, 무당에서 얻은 모든 깨달음을 벽에 새기지 않았을 것이다.

놈이 바라는 것은 분명했다.

"나보고 무당에 네 깨달음을 전하라는 거냐?"

적운비는 대꾸하지 않았다.

오히려 검은 기운이 다가오는 것을 느낀 듯 눈을 감더니 무거운 숨을 토해 낸다.

"야! 미친 짓 하지 마!"

몇 번이나 외치고 또 외쳤다.

하나 적운비는 눈을 뜨지 않았다.

"이 새끼야! 그날 헛간에서 우리를 앉혀 놓고 했던 얘기는 다 개소리였던 거냐? 너 혼자 알고, 너 혼자 하고, 너 혼자 책임지고, 너 혼자 뒈져 버리면! 네가 말한 꼰대들과 다를 게 뭐야?"

적운비의 눈매가 파르르 경련을 일으켰다.

"하늘의 뜻? 선기? 개나 주라고 해! 사는 건 너다? 네가 한 짓이잖아! 그러니까 결정도 네가 하는 거다! 대의? 명분? 그딴 거에 휘둘리지 말고 네가 하고 싶은 대로 하는 거라고!"

"그만해."

위지혁은 울부짖듯이 외쳤다.

"네가 선택한 이 길이 정말로 네가 원하는 것이냐? 하늘 같은 거에 맹세하지 말고, 지금껏 너를 봐 왔던 우리를 향해 부끄러움 없이 정말로 네가 원하는 거냐고!"

"……."

"제갈수련하고 진예화는 그렇다고 치자. 남의 여자까지 신경 쓰고 싶지는 않으니까. 하지만 나는? 소대령은? 너랑 같이 청송관에서 꿈을 꿨던 우리는?"

위지혁은 주먹을 불끈 쥐며 부르르 떨었다.

"그 모든 게 의미 없는 짓이었다면 저딴 거 부를 필요 없다. 내가 직접 쳐 죽여 줄 테니까!"

적운비는 위지혁을 바라보며 무거운 숨을 토해 냈다.

위지혁은 적운비의 눈빛을 마주했다.

그의 뜨거운 눈빛에 적운비의 눈동자가 초점을 잃을 정

도였다.

"괴공(傀公)보다 괴공(怪公)이 좋고, 괴협보다 반골이 좋다."

위지혁은 거칠게 숨을 몰아쉬며 말을 보탰다.

"하늘인지 뭔지가 시킨 일 다 했으면 그만 돌아와라. 멍청한 새끼야!"

적운비는 위지혁을 한참 동안 바라봤다.

잠시 후 허공을 가득 채우던 검은 기운이 하나 둘씩 흩어지기 시작했다. 그리고는 갈라졌던 공간이 조금씩 합쳐지며 제 모습을 찾았다.

마침내 적운비가 입꼬리를 올리며 나직이 한 마디를 읊조렸다.

"훗, 위지혁, 많이 컸네."

〈완결〉

武當轉生

무당전생

정원 신무협 장편소설

ORIENTAL FANTASY STORY & ADVENTURE

문피아 골든 베스트 1위, 소문난 명품 무협!

환생은 했지만 재능도, 기연도 없다.
폭력과 죽음이 난무하는 무림에서 믿을 건 오직 전생의 기억.

무당파 사대제자 진양. 그가 가는 길을 주목하라!

dream books
드림북스

DREAMBOOKS